TAKE
SHOBO

女嫌いな強面社長と期間限定婚始めました

天ヶ森雀

ILLUSTRATION
逆月酒乱

CONTENTS

イラスト／逆月酒乱

女嫌いな強面社長と期間限定婚始めました

プロローグ

呼び出されたのが会議室じゃなく、資料室ってあたりで嫌な予感はしたのだ。

そりゃあもう、がっつりと。

普段は無人で忘れ去られている埃臭い部屋に、重役連中や主だった各部署の責任者が雁首揃えて、一平社員でしかない私をガン見している状況って一体何？

その数、十名余り。社長を除いた副社長や常務や専務、各部門の部長クラス……って、よく見たら数少ない女性役員でデザイン部長の三木さんまでいる。

副社長と脚が悪い総務部長はこの部屋にあったらしきパイプ椅子に腰掛けているものの、他の人たちはその二人の後ろ側に半円を描くように立っていた。三木さんは私の視線から隠れるように、人々の後ろに立って目を逸らしている。

そして全員で「誰が言う？　お前言えよ」と、小学生がいたずらの告白を押し付け合うような空気を醸した後、ようやく口火を切ったのは恰幅のいい坂下副社長だった。

「え～、鏑木葵さん、君は、その……健介社長とは比較的懇意だと聞いたのだが……」

「え？　ええ、まあ……。一応同じ大学の先輩後輩だったので……」

うちの社長、上月健介は若い。私より三つ上の三十二歳。どうしてこんなに若いのかというと、その前に上月建設を継ぐ予定だった前社長の息子である上月拓篤氏、つまり健介の父親が、自分には経営者は向かないととんずらした……もとい辞退したからだ。どうやら前社長で現会長を勤める実父、上月篤郎氏と反りが合わなかったらしい。

ちなみにその時点で上月姓が三人いて紛らわしかったので、社内では会長以外、下の名前呼びが定着している。

拓篤氏は篤郎氏の命令で一応会社には勤めていたものの、そろそろ社長交代という段になって、入社して間もない息子・健介にその役を譲り、体調不良を理由に自分はとっとと辞めてしまったのだ。

もっとも拓篤氏は、会社の中では元々あまり目立たない人物だったのに対して、いきなり抜擢された現社長の健介は、若いながらもその優秀さと貫禄で社内外の衆目を集めていたので、お家騒動的な事態にはならなかった。しかも息子の方が眉目秀麗。

但し残念ながら健介自身にも全く問題がないわけではなかった。

「社長の女嫌いは知っているね？」

「ええ、まあ」

社内はおろか、付き合いのある企業なら知らぬ者はいない話だ。何せ同じ部屋に女性がいるというだけで、彼の元々の仏頂面の不機嫌度が更に三割アップする。具体的に言えば眉間に深い皺ができる。

更に自分でそれを公言し、この業界では当たり前の接待という名の女性によるサービスをことごとく固辞してはばからないのだから、もはやアレルギーのレベル。

もっとも上背がある上に眼光鋭い三白眼という強面なので、基本的に寄ってくる女性も少ない。普段から口数少なくニコリともしない彼が、本気で睨めば大抵の女性はびびって動けなくなる。女性だけではない。若手の男性社員も同様である。

「そんな社長が、君とは普通に付き合えていると」

「あー……。それは社長が私をあまり女性だと認識していないからだと思います」

言ってて少し悲しくなった。

自分で言うのもなんだが、私の女子度はあまり高くない。なにせ健介と初めて会ったのは土木作業現場で重機オペレーターのバイトをしていた時だった。要はユンボの操縦。

ヘルメットもせず現場視察に来ていた健介を、怒鳴りつけた時はまさかこの男が自分の入社する会社の社長になるとは思ってもみなかった。人生って無情。

けれど健介はそれを根に持つ様子もなく、逆に話しやすい相手だと思ったらしい。そもそも作業着を着ていたから女だとも判別されなかったらしく、しばらくは男だと思われていた。事実がわかった後も、それが尾を引いてずるずる続いている感じである。

「だから単純に私のことはただの部下とか後輩という感覚なんじゃないかと」

けれど坂下副社長は安堵（あんど）したように続けた。

「社長の認識については今は問わん。戸籍上性別が女性でさえあれば、結婚は可能だ」

「…………は？」

予想もしていなかった単語が副社長の口から飛びだして、私の目は丸くなった。

今、なんつった？

副社長と目が合ったまま三秒沈黙した。けれど副社長は平然と微笑む。そしてその目は笑っていなかった。寧ろ血走ってて怖い。

「どうかね？　社長と結婚してみないかね？」

更に五秒、沈黙が横たわる。まるで『昼飯は蕎麦でどうかね？』みたいな口調に、何からどう突っ込んでいいのか分からない。

「……私が社長と結婚？　って、それなんの冗談ですか？」

ようやくまともに声が出てそう返した。

健介と結婚なんて冗談にしても笑えない。普通に考えたらセクハラ案件だろう。社内ドッキリイベントでもやってるの？

しかし副社長をはじめ、その場にいる全員が大真面目な顔で私を見ていた。

え？　マジ？

副社長は深く大きな溜息を長々と吐くと、説明し始める。

「鶴澤(つるさわ)開発の漆原(うるしばら)会長は知ってるね？」

「え？　そりゃあもちろん」

鶴澤開発と言えば業界大手建設企業のひとつで、我が上月建築もかなり世話になっている。我が社のような建築会社は、土地開発業者や建設会社から大規模な建築物を受注することが多いから、どちらも担っている鶴澤開発とは切っても切れない関係と言っても過言ではない。つまり我が社にとっては親会社のようなものだった。

　会長の漆原剛太郎氏はうちの会長とも縁が古いらしく、我が社にはかなり影響力のある人物だ。よく言えば豪胆。悪く言えば過去の遺物的頑固じぃ。

「その漆原会長と健介社長が先日の会食で揉めてね。会長はあの年代のお人だろう。『男は何と言っても結婚し、家族を持ってからが本番だ』。そう仰ったのをウチの社長は真っ向否定しちゃったんだよ。『仕事の有能さと結婚の有無は全くの無関係でしょう』ってね」

「あぁあ〜〜……っ」

　思わず額を抑えて呻き声を上げる。そうだけど。決して間違ってはいないと思うけど。

　仕事はできる男なのに、女性嫌いに関しては頑固一徹な健介のその時の顔が想像付く。そこは嘘でも「そうですね」くらい言っときゃいいのに！

「それで会長が大変お怒りになって、周囲が止める間もなくもう売り言葉に買い言葉、挙げ句の果てに社長が結婚しない限りは今後の付き合いは断ると言ってきた」

「えーーー……」

　何ソレうっそー。二人とも大人気なーい。でもあの二人なら有り得そう。どっちも言い出したら引かない強情さと上に立つ者独特の傲慢さがある。こうなると、権力がある大人は厄介だ。

「そこで君の出番だ」

「は？　だから私は社長に女性認定されてないんですってば！」

「構わん！　君なら一応女性だし」

一応ってなんだこら。

「何も一生とは言わない。一度結婚さえしてしまえばその後離婚したとしてもチャレンジ精神は買って貰えるだろう」

「チャレンジ精神て！」

そんな副社長を後押しするように専務が叫んだ。

「副社長の仰る通り！　スポーツだって参加することに意義があると言うし！」

「たとえがおかしいし！　そもそも離婚前提で結婚て！」

「そうは言うがあの漆原会長の影響力と頑固さは君も知ってるだろう。あそこに縁を切られたら我が社は終わりだ。倒産の憂き目も免れん。事業部長のとこなんかお子さん来年受験だよ？　営業課長だってこの間三人目が生まれたばかりで……もし会社が潰れて路頭に迷ったりしたら……」

え？　今度は泣き落とし？

「いや、だからって！」

「もちろん強要ではない。あくまで提案だし君がどうしても嫌なら我々も無理強いはできない。それではパワーハラスメントになってしまうからね」

いや既にパワハラだろう。……って、一番端に立ってる営業課長、そう言いながらスマホの待ち受けでお子さん達（乳児込み）の写真を見ないで！　涙ぐむのもやめて！　その不自然な角度、わざと私に見せてるよね⁉

愁嘆場になるかと思われた矢先、横から冷静な声を出したのは社長秘書の塚田さんだった。健介のフォローを一手に担う、背広姿は地味だけど切れ者と評判の銀縁眼鏡三十代。

「そんなに社長がお嫌ですか？」

「え？」

「あれで黙っていれば結構見た目はいいですし、社長なんだから収入も悪くない。基本真面目で勤勉ですし、酒も強いし博打もしませんし。女嫌いですから浮気もないでしょう。そう悪い物件ではないと思いますが？」

物件て、あーた……。

「そんなこと言ったって、本人が嫌がるでしょう⁉　社長のドがつく女嫌いはこの会社中の人間が知ってるじゃないですか！」

「本人が嫌がらなきゃいいんですね？」

塚田さんの銀縁眼鏡がキラリと光ったかと思うと、言質を取ったように彼の口角が少しだけ上がった。

「は？」

副社長は固い決意を秘めた目で締めくくる。

「私たちだって贅沢（ぜいたく）を言う気はない。君ならあの社長を怖がらず互角に怒鳴り合えるし、それどころか陰では蹴りを入れたり拳で渡り合ったりしているのも承知している。とにかくその男らしい属性はともかく、最低でも『女性』という生物と結婚さえしてくれれば会長も納得してくださる！　たぶん！」

たぶんて！

いやでもなんかもう色々尊厳的にハラスメントだから！

「それで押し切られた訳か。相変わらずお人好しだな」

呆れかえった、と言うより皮肉を含んだような健介の視線が痛い。

秘書の塚田さんにセッティングされた私と健介の行きつけの炉端焼きで、私は彼の視線を避けて日本酒に口を付ける。呑んで話すには不謹慎な内容だが、呑まずに話せるかというのが正直なところである。

「いやだから健介さえ嫌じゃなきゃって条件は付けたし……！」

升に入ったグラス酒に視線を固定したままもごもご言った。

かくなる上は健介自身に嫌がって貰うしかない。あんなに柔々ふくふくとして可愛い営業課長のお子さんの写真を見せられて、これ以上どうしろというのだ。

「俺が嫌じゃなきゃお前はいいのか?」

聞かれて言葉に詰まった。

社内ではちゃんと社長と呼び敬語を使うが、プライベートでは学生時代からの倣いで呼び捨てのままだった。プライベートでも社長と呼ぼうとしたら、ものすごく嫌な顔で「今までのままでいい」と言われたからだ。公私混同さえしなければいいらしい。

目の端に、健介の節が高くて長い指がロックグラスを傾けているのが見える。

実際、会社が潰れるのは困る。副社長の言い分じゃないが、私を含め従業員一同、路頭に迷うことになる。この不況下、いい条件での再就職はなかなか厳しいだろう。一社員として、見過ごせない状況ではあるのだ。

それが副社長達の提案を一蹴できなかった理由ではある。

「いやまあ、ねえ? その……私もそろそろ大台だし? 一回くらい結婚しといた方が親もうるさくなくなるかなーなんて」

思わなくもなかったりそうでもなかったり。

――ただ、問題は。

私がこの男にずっと惚れているという一点だけだ。その点からすると……この話は私にとっていいのか? それとも悪いのか?

「……わかった」

「え?」

「そこまで皆が後押しするなら仕方ないだろう。俺だって自分が原因で会社が潰れるのは困るし、これ以上とっかえひっかえ他の女を連れてこられても迷惑だ」

あー……、既に私の前に他の女性をプッシュし続けて玉砕してたわけか。くそっ、あの狸親父ども。

「少なくともお前なら一緒にいても必要以上に疲れずに済むし、女だと思わなければさほどイラつくこともないだろう」

おかしいな。褒められてる気が全然しない。

「俺だって迷惑してるんだ。一応最低一年でもいいという話だし、お前で手を打てるんだったらもうこの際贅沢は言わん！」

そう言って健介は皿にあった手羽先の塩焼きを取ると、軟骨ごとバリバリ噛み砕いた。

本当に全く以て褒められてる気がしないんだけど！

かくして私、鏑木葵二十九歳。

超絶女嫌い強面社長の、妻（偽装）を始めることになりました。

1．社運を賭けたプロジェクト

小さい頃はとにかく近所の工事現場で建造物が出来上がっていくのを見るのが好きだった。

何もなかった空き地に基礎と土台が造られ、様々な重機の力で柱や壁が組み立てられていくのが面白かった。しかしやがて建築現場でバイトをするようになると、建物自体に興味が湧く。強度を考えた構造や資材選び。採光や導線が計算されたデザイン。現場監督やデザイナーの話が聞こえてくる度に聞き耳を立ててワクワクした。

たかだかアルバイトの身で、とうるさがる監督もいたが、面白がって色々教えてくれる人もいた。とは言え休憩時間の雑談では聞ける事は限られてくる。

だからそれならいっそと、設計する側に回った。

上月建築に就職を希望したのは、色んな現場にバイトに入った結果、工事現場の質が一番安定していたからだ。即ち経営者、あるいは上に立つ者の経営方針が健全なのだろう、そう思った。

しかし中堅どころとはいえ優良企業である以上難関なのは必定で。

それこそ大学の先輩だと判明した健介にも泣きつき、必死に勉強して、ギリギリな感じで何とか就職試験に受かって早七年。決して門戸を閉じているわけではないとは言え、やはり男性が多いこの業界で、ようやく新人域を脱して少しずつ仕事をさせて貰えるようになってきた。人手が足りない時は現場に駆り出されることもままあるが、社内コンペ等にも積極的に参加し、所詮は新人で惜しくも入賞は逃すものの、少なからずやる気だけは認めて貰っている。たぶん。

「お前の設計は面白みはあるけど、基本が甘いんだよ」とは健介の弁だ。

知り合ってから十年近く。私たちはいつの間にか友人という関係に馴れすぎてしまった。友人として、健介はいい奴だった。秘書の塚田さんに言われるまでもなくよく知っている。真面目で有能で、努力家。

若くして社長という大役に就いてから、私が知る限り健介は遅くまで会社に残って勉強していた。なかなか仕事が覚えられず残業続きの私は、夜食を買いに外に出る度に社長室に灯りが点いているのを見て、「負けるもんか」と踏ん張っていた。

あまり表には出さないが、情もある。互いに退社時間が遅いのを知って、夕食を奢(おご)ってくれたのは健介からだった。「給料出たら返せよ」そう笑って。

馴れない業務作業と疲労ピークに加えて、空腹極まりない時に、あの笑顔はやばかった。強いて無節操な言い方をすれば、たとえ健介じゃなくても、キュンとはしてたかもしれない。誰だって弱っている時に優しくされたら脆くなる。しかも普段笑わない男が笑顔を見せてきたら尚更だ。

あの時の、胸が締め付けられるような感覚を、私は必死で押し殺し続けた。これは気付いちゃダメなやつ。気付いたら気の置けない関係が終わるやつ。

そして給料が出ると約束通り健介に奢り返した。

ファミレスとか居酒屋とか、社長らしからぬ庶民的な価格の店で。金持ちのボンボンである健介の、口に合うかと思わなくもなかったが、こちらの懐事情ではあまり選択肢はない。だけど健介は一向に気にすることなく美味しそうにバクバク食べていた。そう言えば大学の学食でも生姜焼き定食とか嬉しそうに食べてたし。

その姿を見てなぜか嬉しくなって、瞼に焼き付きそうになって目を逸らす。

自意識過剰を承知で言えば、あの頃――私の入社と彼の社長就任が偶然重なった頃――の私は健介に友人として必要とされていた。立場やプライドを度外視し、素の自分を曝け出してガス抜きできる相手が必要だった。

飲んで食べて上司や古い慣習について愚痴をこぼすその時間が、恐らく当時お互いの一番気楽な時間だったのだ。

実際、表に出すことは決してなかったが、当時の健介は馴れない社長業で常に張り詰めていた。ただでさえ父親の勝手な退職劇もあったから、何か失態があれば周囲の落胆を招くと分かっていた。一分の隙も見せられない日々の中で、本音をぶつけ合えるような人間がひとりくらいは必要だったんだろう。

だから少しずつ芽生え、深まる想いは必死で押し殺した。私まで彼を孤独にするわけにはいかない。私自身、仕事を覚えるのに必死だったから、恋愛の優先順位は低かったのもある。

友達でいたかった。

遠慮のない気楽な後輩でいたかった。

もし私が健介に恋愛感情を抱いてそれを彼に告げれば、二人だけの特別な時間が終わるのは目に見えている。ただでさえ女嫌いなのに、たまたま後輩として友人枠に入れたのがラッキーだったのだ。

それでも互いに仕事が落ち着いてきた頃、想いを告げてみようかと思ったことがある。

もしかしたらありなんじゃないか。女嫌いの健介の特別枠に入っているなら、女性としてもいけるんじゃないか。

そう思って髪を伸ばし、スカートを穿いてみた。

しかし健介の顔が嫌そうに歪むのが見えた。本人は隠そうとしていたが、付き合いの長さで嫌でも分かってしまう。

『どういう風の吹き回しだ？』

一度だけそう訊かれた時、ああ、やはりダメなんだなと思い知った。だから嘘をついた。

『営業部の人に付き合おうって言われたの。だから少しはね。変？』

スカートの端を持ってくるりと回ってみせる。

『別に……』

その嫌そうな言い方は、決してやきもちとかではなかった。悲しいけど分かってしまう。彼の瞳の中にあったのは軽い失望だった。しかし基本的に公正な人間だから本人の意志を尊重すべきという良識もあったのだ。

告白されたのは本当だった。でも断るつもりでいた。結局断り切れず、少しだけ付き合って却って傷付けることになったのは不徳の致すところだ。実家に帰って家業を継ぐという彼に、着いていきたいほどの想いは生まれなかった。

それから健介とはつかず離れず付き合ってきた。雇用主と従業員として。学校の先輩後輩として。仕事は楽しくて辞めたくなかったし、健介から距離を置くこともできなかった。

――いや、営業の彼と付き合っていた頃は少し距離を取っていたか。互いに遠慮みたいなものがあった。しかし私が別れたと知ると自然に元に戻ってしまった。

そんなあれこれを経てきたというのに、今更こんな風に夫婦を演じる羽目になるなんて。皮肉すぎてマジ笑えない。

◇

結婚が決まってから式当日までは怒濤の日々だった。

何せ社運をかけての結婚式。尚、真実を知ってるのは上層部一握りだから、社員からのお祝いはこっそり保管しておいて、あとで福利厚生に回すらしい。なんだかな。

それでも一応花嫁なので、豪華な白無垢を用意され、肌から髪から手入れされまくった挙げ句、綺麗に着飾らされて高砂席に配置された。

「あんたが結婚できるなんて……」と涙ぐむ両親の目がまともに見られないというのに、健介ときたらさも安心させるように「お嬢さんはお任せください」と言い切った。

どの口が？

当然来賓には漆原会長も呼んだ。

「とうとう年貢の納め時のようじゃの？」

昭和のじいさまに勝ち誇った顔をされ、隣に立つ健介のこめかみが引きつるのを見て、思わずがっしと彼の腕を掴む。これだけ苦労してるのに、ここで台無しにされて堪るか。

私の鬼気迫る顔に一瞬怯みながらも、健介も珍しく全開の営業スマイルを浮かべる。

「一度くらいは体験してみるのも悪くはないかと」

そこは嘘でも結婚したいほど好きな女性と出会えたから、とかね？

「ふむ。悪くはなさそうな嫁ではないか。少々ごつそうではあるが」

今度は私が殴りかかりそうになるのを健介が止めた。

「嫁は丈夫が何よりじゃ。せいぜい頑張ってバンバン子を作るのだな。家族が多いほど男は仕事を張り切ってできるようになる。わっはっは！」

このセクハラじじぃ！

そんな思いを覆い隠してにっこり笑った。

「ご助言、痛み入りますわ。でもしばらくは二人きりで新婚を楽しみたいので」

偽装結婚なのだ。子供なんて作れるわけがない。

「そんなことを言っていられる歳ではなかろう！」

こめかみが一気に引きつり腹にどす黒いものが湧き上がった。

ウエディングドレスじゃなく重たい白無垢が用意されたのはこのためか。でなきゃ本当に殴っていたかもしれない。現場作業経験者の腕力を舐めるなよ？

それでも会社の人間が危機を察して会長をその場から引き剝がしてくれたので、何とか無事に式を終えることができたのだった。

「あー、疲れた！」

自宅マンションに戻った健介は、ネクタイを外しながらソファにどっかりと座り込んだ。元々健介のマンションは一人暮らしの割にいくつかゲストルームもあるくらい広いので、わざわざ新居を用意する必要はない。だってあくまで偽装だし。

「私も疲れた……。現場で貫徹する方がよっぽどマシ……」

反対側のソファに身を沈ませる。一応お色直しのドレスからは着替えたものの、ラフな

格好とはいかないのでお仕着せのワンピースだ。馴染みの薄いペールピンク。左手の薬指には、嵌め慣れていないプラチナリングが微妙に重い。極力シンプルな物にして貰ったけど、普段は失くさないようにしまっておいた方がいいかもしれない。

「あー、頑張って化けてたもんなあ……」

「言い方！　一応あんたの花嫁だったんだけど！」

少しは綺麗だよとか言ってくれてもバチは当たらないと思うけど？

「二度としたくねえ……」

聞いてないし。

まあ、この強面魔神がずっと見世物状態で無理矢理笑顔を作ってたんだもんね。疲れてるのもわからなくはないけどさ。

「先にシャワー使っていい？」

滅多にしないがっつりメイクと汗を流したくてそう言ったら、ぎょっとした顔をされた。

「何？　夫が先とか時代錯誤なこと言わないよね？」

半眼で言ったら、「本当にシャワーを浴びたいだけか」とホッとしたように言われた。

え？　――え？　十秒考えて気が付いた。

「いや、そんな変な意味じゃなくてね！」

「わかった！　てかわかってた！　疲れて変な思考になっただけだ。いいからさっさと入ってこい！」

反駁を許さない声に、胸の中に残るモヤモヤを飲み込む。下手に言い募ったら墓穴を掘りそうだ。

順番にシャワーを終え、楽な部屋着になって缶ビールを開けた。持たせてくれた披露宴のご馳走も、ついでにごそごそテーブルに広げる。

「うまー！　もう披露宴の間中、何も食べられなくて死ぬかと思った！」

空腹だったので、レンチンさえせずがつがつ料理を頬張った。

「あー、良く耐えてたな。お前が」

「本当だよ！　衣装を汚しちゃまずい上に、あれだけの数の来賓に挨拶してたせいでずーっと飲まず食わずだったんだから！」

「はいはい。お疲れさん」

そう言いながらも健介も箸が進み、あっという間にテーブルの上のご馳走は空になる。ざっとゴミをまとめて、取り皿とコップだけ食洗機に放り込んだ。食洗機！　なんて便利なものが！　一人暮らしの時はついつい洗い物をため込みがちだったので、その存在が目映く映る。洗い物をしなくていいなんて最高。

そのまま缶ビールを持ってリビングに移った。

「さて、この後のことだが」

おもむろに切り出す健介に、スルメをかじりながら目を向ける。

「ん？　明日は休みだからゆっくり寝てていいんでしょ？」

新婚旅行も親やら関係各所から打診されたが断った。だってハネムーンともなればダブルベッドは必須だし、それで二人きりなんて逃げ場がなさすぎる。偽装結婚でさすがにそれは避けたい。急な入籍なのでいずれ落ち着いたら改めてと言う口上で逃げ切った。

「いやそういう話じゃなく」

「ん？」

怪訝な顔をする私に、健介は一枚の紙をぺろんと出して見せた。今回の結婚にあたり、会社の上層スタッフにより書かされた契約書兼誓約書である。二人の署名捺印付き。

「これによると、互いの合意なしの行為は一切禁止とあるわけだが……」

酒豪と言うよりザルに近い健介は、披露宴の間はビールやワインを、そして帰ってきてからは缶ビールを何本も呑んでいたにも関わらず素面の顔で言った。

「今晩、どうする？」

「あ？　今晩？」

「とぼけるな。一応仮にも夫婦になったんだからな。俺のベッドはダブルベッドだから一緒に寝ることも可能だが……お前はゲストルームの方がいいよな？」

「あー……」

目を逸らしまくっていた現実が突きつけられた。契約上、合意なしの行為は一切禁止。つまり双方の合意さえあれば同じベッドで寝るかどうかも自由ってことだ。でもこの場合、合意に達するのはどっちだろう。私？　健介？

「もちろんゲストルームでいいよ。今日はもう疲れたしやっとゆっくり寝られるし？」

目の前でビールの缶をぷらぷら振りながら笑って見せた。健介の本音を訊く勇気なんて、今のところない。そもそも同じベッドの隣で、何事もなく熟睡されたら目も当てられない気がする。

元々私用にゲストルームのひとつを貰っていて、運んだ荷物もそこに入れてある。疲れてるのは嘘じゃないし、そもそもその気があれば新婚旅行だって断ってない。

「……そうか。わかった」

健介は表情を全く変えずに答える。何考えてそんなこと訊いたの？　だって、できるわけないじゃん。この結婚はあくまで会社を存続させるためのもので、互いの気持ちは関係ない。健介は私を友人として扱ってくれているけど、友人でいられるのは女だと思っていないからなのだ。

夫婦になったとはいえ、あくまでも偽装の関係だ。そこに恋愛感情はない。そんな相手とえっちなんかできるわけない。

――したくないかと言われれば嘘になるけど。

「それじゃあ俺はもう休むから」

パジャマ姿の健介が、ソファから長い足を伸ばして立ち上がる。スーツの時は見えない喉元や裸足が見えて、綺麗な足の甲に少しドキドキしてしまい、慌てて目を逸らす。馴れなきゃ。これがしばらく日常になるんだから。

「うん、お休みなさい」

「お前も疲れてるんならとっとと寝ろよ」

「へーい」

もう一度振った缶ビールの中身が、ちゃぽちゃぽと呑気な音を立てていた。

歯を磨いてゲストルームのベッドに入ると、三秒も経たずに意識を失ってしまった気がする。やはり疲れていたし酔っていたのだ。

そうして真夜中、大きな陰に覆い被さられる。なに？

『葵』

低く呼ぶ声。——健介？

声を出そうとしたら唇が塞がれていた。柔らかい感触。と同時に、大きな手がパジャマの裾から入ってきて私の素肌をまさぐる。

『ん……』

なぜか体中の力が抜けていて抵抗できない。その間にも唇は割られ、舌が入り込んできた。いつの間にかパジャマのボタンも全て外されている。

大きな手が両方の胸を覆っていた。既に固く立ち上がっている先端を、指先でしごかれる。与えられた急激な快感に、腰が激しく疼いた。声を上げたいのに、舌を絡めて塞がれてるのが辛い。

唾液の音を立てるようないやらしいキスを繰り返しながら胸を揉みしだかれた。嘘みたいに気持ちいい。思わず彼の首に手を回すと、両手が下に移動して膝を割られた。間に彼の膝が立てられる。

「な、なにするの……？」

『念のため、お前が本当に女かどうか確かめる』

念のためにって……！

『……結婚したんだし、いいよな？』

くぐもった、熱っぽい声。

そんな。だって偽装結婚なのに。あんた女嫌いじゃなかったの？

そう言いたいのに、なぜか喉の奥から声が出てこなかった。恐怖と愉悦が私の脳を支配する。その内に私の下着は引き下ろされ、健介の長い指が太股の内側を通って付け根へと至る。ひゃ……。

抵抗する間もなく彼の指は茂みを掻き分けて花弁の間へと入ってきた。

『濡れてるな……』

くすりと笑う声に、頬に一気に血が上る。

「ゃ、ダメ……っ」

そんな私をあざ笑うように、彼の指は浅い場所を行ったり来たりしている。それだけなのに、そこからは濡れた音がどんどん大きくなっていった。

『気持ちいいのか？』

「…………っ」

気持ちよさともどかしさが同時に脳を覆っている。もっと奥に欲しかったし、一番敏感な場所にも触れて欲しい。そんなはしたない願いが体中に充満するのに、喉の奥だけが石でも詰まったように声が出ない。

『葵、可愛い』

くぐもった声で言われて、腰がびくりと跳ねた。その瞬間、敏感な蕾が彼の指に触れ、子宮の奥がぎゅっと収縮する。

『そろそろいいよな……？』

そう言われ、湿った秘所に固いものを押し当てられた。

うそ……！

「健介、ダメ……っ」

必死に抵抗し、目の前の大きな体を押し返そうとして、彼の大きな体が自分の上から霧

散した。

目が覚める。

いつの間にか体に巻き付けていた上掛けを、払いのけていた。

フットランプだけの薄暗い部屋。見慣れない天井と、クリーム色のカーテン越しには夜が明けつつあるのか陽が差している。

「ゆめ――？」

荒い息に胸を上下させながら、先ほどまでのシチュエーションが現実じゃないことを確かめる。ベッドには私一人だけで、乱れてはいたがちゃんとパジャマを着ている。

「うそぉ……」

泣きそうな声で呟く。なんて夢を見たんだ。なんて夢を……！

恥ずかしい。彼のマンションに暮らすことになって、初日でこんな。

自分は自分で思っていた以上に欲求不満なんだろうか？

大きな声とか出してないよね？　部屋の扉は閉まってるし、高級マンションだから壁の防音はしっかりしているはず。廊下を隔てて斜め奥の、健介の寝室に聞こえそうな声は、出していなかったと思いたい。

恥ずかしさと自己嫌悪で死にそうになる。とりあえず寝汗がべとべととして気持ち悪かったのでシャワーを浴びることにする。心なしか、足の付け根も湿っている気がする。

こんなの、健介に知られたら死にたくなる。

バスルームでシャワーを浴び、念入りに体を洗った。

ようやく落ち着き、脱衣所でバスタオルを羽織ったのと、廊下側からドアが開いたのが同時だった。

「あ、すまん」

思わず固まってしまった半裸の私から目を逸らし、健介は静かにドアを閉めた。

見られたよね、今のは。うん、タイミング的にもバッチリだった。何がバッチリって良く分からんけど。停止していた脳が徐々に回転し始める。

胸も下もほぼ隠れてなかった！　だって今まで一人暮らしでその辺適当だったし！

恥ずかしさ二乗――――！

今朝の夢は知られてないにしても、迂闊（うかつ）にも素肌を晒してしまった。ただでさえ女と意識されないよう、努力してたのに！

必死で心を落ち着ける。大丈夫。一応生物的に女性だとは知ってるはずだし。ただの事故。気にしちゃダメ。向こうだって全然顔色変わってなかったし動じてなかったんだから！

何度もそう言い聞かせながら、私は濡れそぼった髪をぐしゃぐしゃと拭くと、用意していた下着と着替えを身に付けて脱衣所を出たのだった。

リビングに行くと、健介はソファに座ってコーヒーを飲みながらタブレットで新聞を読んでいる。

「おはよ……」

「ああ」

「挨拶は相手の目を見てきちんと！」

思わず地が出て叫んでいた。しまったと思い、口を塞ぐ。ここは健介の家で自分はいわば居候の身なのに。だけど健介はタブレットから目を上げると「そうだな、すまん。おはよう」と私を見て、いつも通りの顔で言った。少しホッとする。ちゃんと相手の意志を尊重する誠実さは、健介の美徳だと思う。

「こちらこそごめん。なんか寝汗かいちゃって……あんたがこんなに早く起きてくると思わなかったから」

「いや、俺も。てっきり洗面所で顔を洗ってる水音だと思ったから……今度から風呂を使う時はそうとわかるようにしないとな」

「うん」

不慮の事故を起こさないために、それは摺り合わせが必要な案件かも。

「使用中は開けられないように鍵でも取り付けるか？」

「えー？　いやそこまでしなくても」

確かに鍵があれば便利だけど、取り付けるためには取り付け用の穴を開けたりしなくてはならない。自分の家ならともかく、このマンションのように高級建材を使用していると、傷を付けるのは抵抗がある。

「使用中はドアノブになんか引っかけとくとかでいいんじゃない？　使用中は表示プレートを裏返しとく的な」

「なるほど。まあ、しばらくはお互いの気配があればノックして開けるか」

「そうして貰えると助かる。私もそうするし。……あー……でも」

「ん？」

健介が「何か？」というように片方の眉を上げる。

「今後のファミリー向け建築にはそういうのがあってもいいのかも」

「と言うと？」

「今の日本住宅って、浴室には鍵が付いてるタイプが増えたけど、洗面所にはないのが一般的じゃない？　でも家族でも例えば娘さんが年頃になったり、急にお舅さんや親族との同居を余儀なくされる場合もあると思うんだよね」

そう言ったのは、以前そういう案件があったからだ。核家族が増えた昨今ではあるが、両親のどちらかが先に亡くなった場合、残された親と同居することになる家族は少なくない。特に奥さんに先立たれた老齢男性は、身の回りのことが自分でできず、娘や息子を頼ることになる場合が多々ある。

「欧米みたいにバスルームが複数あればいいんだろうけど、まだ日本は少ないから、脱衣所を兼ねる洗面所にも一応鍵はあった方がいいのかなって」

家族とは言え、いや家族だからこそ、パーソナルスペースやプライベートゾーンの確保はデリケートな問題である。今後の住宅建築にもそれは反映されて然るべきだろう。

私の提案に、健介も真面目な顔になった。

「ただ、例えば高齢者なんかの場合、風呂場や脱衣所で倒れることもあるから、解錠可能な設定にしておかないとな」

「そうか。そうだよね」

そのためにどんなパターンが考えられるか、頭を巡らせていると、ぷっと噴き出す声が聞こえた。

「なに?」

「いや、新婚の会話じゃないな、と思って」

そう言われてしょっぱい顔になる。確かに、仕事の話をしている時が一番自然だなんて。

「そりゃ……あくまで偽装だし」

「昨日もよく眠れなかったんじゃないのか?」

「え!」

問われて心臓が止まりそうになった。

「な、なんか聞こえた?」

「いや？　ただ馴れないベッドで寝付けないようなら、今日マットや布団を買いに行ってもいいかと」

「い、いい！　大丈夫！　ちゃんと寝れたから！」

大丈夫。何も聞かれてない。セーフ！

「そうか……？」

健介は怪訝そうな顔をしながらもそれ以上聞いてこなかった。

私もそれ以上、聞きたいけど聞けない。迂闊に藪をつついて蛇を出したくはない。

「そうだ。腹減ってるなら朝飯、適当に食っていいぞ。冷凍庫や冷蔵庫に色々あるはずだ」

「へ？」

そう言えば昨日はあまり見る余裕がなかったが、大きな冷蔵庫には色んな保存容器が並んでいたような。

「定期的にハウスキーパーさんが来て色々詰めてってくれる」

「マジで？」

言われるまま冷蔵庫を覗くと、保存容器にはすべて中身と温める時間等を書いた付箋が貼ってあった。チキンのトマト煮や鱈のクリーム煮、照り焼きや煮物や蒸し料理、おひたしやサラダはそのまま食べられる。冷凍庫にはパンやパスタもあった。

「すごい！　天国！」

思わずはしゃいだ声をあげたら、健介に笑われた。

「だって、一人だと色々面倒だったから」

唇を尖らせてみせたが、空腹には勝てないので食べたいものを取り出した。

「健介も食べる？　パンでいいなら一緒に焼くけど。あと簡単でいいなら目玉焼きとか……」

「ああ、そうだな。じゃあパンだけ一緒に焼いてくれ」

全粒粉のパンとパプリカやルッコラのカッテージチーズサラダ。食べやすく切ってあった果物も用意されていた。ベーコンエッグだけ自分で焼いて、コーヒーはサーバーに残ってたのを貰った。

テーブルに並んだ量に、健介は目を丸くしている。

「朝からよく食うなあ」

「一人だともっと適当だったけど、美味しそうなモノがいっぱいあるんだもん。社長っていいねえ」

しみじみ言うと、健介はタブレットを下ろして苦笑する。

「ハウスキーパーの槙さんが喜ぶよ。いつも食べきれず残してたから」

「えー！　勿体ない！　ほら、パン焼けたよ」

健介は苦笑しながらタブレットを置いてダイニングテーブルの席に着いた。そうしておもむろに、多めに焼いたパンに手を伸ばす。

「でも……ちょっとホッとした」

「ん？」

私の漏らした声に、健介は片方の眉を上げてこっちを見る。

「家事とかやれって言われても困るし」

もちろん全くできないわけではない。一応一人暮らしは長い。とは言えこの豪華なマンションの全室を、完璧に保てと言われても無理だ。

「そりゃそうだろう。お前だって働いてるんだし」

「うん……」

「一応週末以外は外部契約の家事代行が入るからその辺は問題ない」

「そうなんだ」

とにかく漆原会長対策の急な結婚だったから、互いの生活についてはあまり煮詰めていなかった。

「とりあえず一年か……」

思わず呟く。今回の結婚に関して、会社幹部が作成した契約書においては、よほどのことがない限り最低一年の継続を決められている。そりゃそうだ。あくまで外部対策なのだから。

和やかな朝食を終えた時、ピンポーンと来客を告げる音がした。

「誰だろう？」

「葵！　とるな！」

インターフォンを取ろうとする私を、慌てて止めようとする健介に目を丸くする。

「え？　なんで？」

「こっちは新婚だぞ？　それなのに披露宴翌日のこんな早朝に無遠慮にやって来るなんて、二人しか可能性はない」

「え」

意味を考える前に健介のスマートフォンが鳴り出す。けれど彼はスマホから目を逸らした。

ところが数コールで鳴り止んだかと思うと、今度は私のスマホが鳴り出した。

「出るな！」

止められたのと私がスマホを手にしたのが同時くらい。

しかしかけてきた相手を確認したら思わず通話モードにしてしまい、スピーカーホンからは賑やかな声が流れてきた。

「葵さん！　まだマンションにいるんでしょ？　昨日の今日で疲れてるかと思って色々持ってきたわよ～」

聞き覚えのある無邪気な声は、健介のお母さん、つまり私にとってはお姑さんである由希子さんだった。

「なんで出るんだよ！」

健介は怒りを露わにしている。だって義理の母なんて絶対無視できない相手だし！

「え、えーと、今開けますね……」

怒っている健介を無視してマンションの玄関のロックを解除した。

彼女は自分で言った通り、様々なデパートの紙袋を、彼女専用の運転手さんに持たせて入ってきた。

「佐々木さん、荷物はここでいいわ。あとは車で待っててね」

「かしこまりました、奥様」

ピシッとスーツを着た運転手の佐々木さんは、彼女が言う通り、持ってきた大量の紙袋をリビングのテーブルの上に並べると、一礼して部屋を出て行く。

あとにはニコニコ顔の由希子さんと仏頂面の健介、そして私が残された。

「う、うわー、お気遣いありがとうございます。何かなー」

ほぼ棒読みだったにもかかわらず、由希子さんは私の言葉にぱっと顔を輝かせると、持ってきた包みを広げ始める。

彼女が取り出したのは高級そうな石鹸やヘアケア用品、スキンケア用品、色違いのバスローブやシルクのパジャマ、お皿や揃いのペアカップ、等々の生活用品だった。美顔器やローラーまである。全体的にフローラルな色合いがいかにも彼女の趣味といった感じだ。

「要らん！　持って帰ってくれ！」

「あら、健介にじゃないわ、葵さんに買ってきたのよ？」

ねえ？　というように目で同意を求められ、私は引きつった笑顔で頷いてしまう。何というか、由希子さんは独特の無邪気さと得も言われぬ押しの強さがあり、抵抗しづらい雰囲気がある。彼女にそう言われたら従わなきゃいけないような。

「だって、新居を用意すれば？　って言ったのにあなた達ったらそのまま健介のマンションに住むって言うし。葵さんだって色々持ってきたいものがあるでしょうに、全然用意しようとしないんだもの」

「だからって、新婚初日にいきなり訊ねてきたらこっちが迷惑だとは思わなかったのか？」

しかし息子の健介は慣れているからなのか、そんな彼女の行動を一刀両断するかのごとく切り捨てた。

「だってぇ……、お義母さんに先を越されちゃまずいと思ったんだものぉ……」

「え？」

彼女の言葉を聞き返す間もなく、更に玄関の呼び鈴が鳴った。

『健介、いるんだろ？　ついでに由希子さんも！　連れて帰ってあげるからとっとと開けな！』

こっちはこっちで迫力のある闊達な声が響き渡る。思うにこれは健介の祖母君、小春さんの声。健介を見ると、額に手を当てて肩を震わせていた。怒鳴りたいのを堪えてるんだろう。

とりあえず、ここで逆らってもと思い、専用エレベーターで上がってきた小春さんを家の中に通すと、由希子さんの態度が一変した。

「さすがお義母様、孫の新婚初日に現れるなんて。でも仕方ないかしら。お年寄りは朝が早いといいますものね。きっと今はもう午後だと勘違いなさったのね」

「私より先に来ていたあんたに言われたくないよ。そもそも私はあんたが早々に出かけたと聞いたから、こりゃまずいと迎えに来たんじゃないか」

「私は健介の母親です！　それに新婚だからこそ色々と気遣って持って来ましたのに、お義母様にそんな風に言われる筋合いはございません！」

「あんたこそなんだい！　三十過ぎた息子の世話をあれこれ焼くなんて、過保護もいいところだろう！　若いもんには若いもんのやり方があるんだからいい加減放っといてやんな！」

　口を挟む隙がないとはこのことだろう。

　……なんて言うか。ゴジラ対キングギドラ？　その吠える口元からいつ炎を吐いてもおかしくないような迫力だった。え？　私は何に巻き込まれてるの？

　元々健介の女嫌いはこの母親と祖母の確執が原因らしい。もっともうっすらとしか聞いてはいないけど。

　それよりその場を取りなさねばと私は無駄に高い声を上げた。

「わ、わー。この室内履き、あったかそうだなあ。足が冷えやすいんで嬉しいです～」

　とりあえず目に付いたルームシューズを手に取って、話を逸らそうとする。

「わ、よかったぁ！　それ、すっごくあったかいのよう」

由希子さんは嬉しそうにはしゃいだ声を上げ、小春さんの眉間の皺が深くなった。うーん。健介との深い血縁を感じる般若皺だ。

「おばあさまも……その、わざわざお気遣い、ありがとうございます。良かったらお茶でも……」

「あんたはいらん気を遣わなくて結構！」

スパンと竹を割ったような物言いは、自分に言われたんじゃなきゃ惚れ惚れしそうな切れの良さだ。嫌いじゃない。しかしその鋭い舌鋒はとんでもないことを言い出した。

「それよりこの人を自由に出入りさせてたら部屋中のカーテンが知らない内に花柄やピンク色に替えられちまうよ！」

「お母様ったら、失礼な！　ピンクじゃなくてコーラルレッドにしようと思ってましたのに。それに花柄って言ってもシックなバラの模様ですのよ？」

「ちょっと待て！」

すかさず健介の突っ込みが入る。ってか、替えちゃう気ではあったんかい。

「とにかく！　二人とも帰って下さい！　俺と葵はこれから二人きりでしたいことがあるので！」

そう言われた途端、二人の頬がぽっと赤くなる。

「健介！」

つい叫んでしまった。

誤解を招くような言い方はわざとなんだろうと分かるけど、恥ずかしくていたたまれない。激しく顔を上気させた私に、二人は何かを察したのか、互いにそっぽを向いて渋々玄関に向かう。そんな二人を見送りながら、私は無駄かも知れないと思いつつ取りなす言葉をひねり出した。

「その、お義母さん、色々届けて下さってありがとうございます。今度は前もっていつ来るか仰って頂ければ、こちらもその心積もりでおりますので……」

そういうと由希子さんは少しだけ気分が良くなったらしく、私の耳元に口を寄せると

「気分を盛り上げるアロマもあるから使ってね！」と囁いた。気分てなんの？

そんな由希子さんに、小春さんはフンと鼻を鳴らす。

「あの……おばあさまも……ありがとうございました」

由希子さんを連れ帰りに来てくれて。

私の台詞に、由希子さんは大きな目をきょとんとさせたが、小春さんには伝わったらしい。少しだけ唇の端を上げて見せた。ちょっとだけホッとする。

二人を見送ってからリビングに戻ると、健介が相変わらず仏頂面でソファに座り込んでいた。不機嫌モード続行中。仕方がない。健介にとっては鬼門の双璧なのだから。

「あー……、賑やかだったね」

「あんまり優しくしなくていいぞ。特にお袋。調子に乗ってつけあがるからな」

入り浸られるのは困る。知らない内にマンション中のカーテンがピンクの花柄になって

るのも。

でも、無下にはできない。二人とも悪気はないのだ。

「そもそも健介が女嫌いになったのって、お母さんとおばあちゃんの仲がめちゃくちゃ悪かったからだよね？」

結婚式に出席した時の、頑固そうな小春さんとおっとり良家風の由希子さんを思い浮かべながら聞いた。確か、式の間も二人の間に会話は一切なかったはずだ。というか、嫁である私にどちらが話しかけるかで無言の熾烈な争いをしているのが垣間見えていた。

「……まあ、そうだな。お袋と婆様は完全に水と油だったから、俺の教育方針は真っ向対立、物心ついた時には家の中に安住の地はなかったな」

あー、さっきの対立を見てしまっただけに、聞いてるだけでおっかない。

「本当に二人だけでやってくれりゃあいいんだけど、二人して上月の跡継ぎとして俺をコントロールしようとしてマウントを取り合おうとするから、女の嫌な面はもう一生分見たっていうか」

まあ想像できなくもない。これでも女の端くれなので、少なからず女子の裏側とかマウントの取り合いみたいなのは学生時代に見てきている。正直、自分の中にそういう部分が皆無かと言えば、それは嘘だ。

だけど……。

「少なくとも、どちらからも嫌われてはいないみたいで嬉しい。だって、突然現れた嫁なんて、気に食わなければ嫌みのひとつも言われてもおかしくないのに」

健介は大事な跡取り息子なのだ。しかも一人っ子。結婚相手にもそれなりのステータスを求めるのが自然だろう。けれどこっちは社長令嬢でもなければバリキャリでもない。もっとも会社の起死回生をかけた偽装結婚なのだから仕方ないけど。

あの二人はその辺りを知らされていないはずだけど、それでも私をちゃんと健介の配偶者として扱ってくれた。少なくとも家柄や外見で判断する人ではないということだろう。

そう告げると、健介は呆れたように冷笑する。

「だからお前はお人好しだと言うんだ」

私はただ黙って肩を竦める。彼女たちを騙している後ろめたさは、感じる必要がないと言われても、そしてその通りだったとしても、心の端にぺったりとあった。

「寝室を見られなかったのが不幸中の幸いだな」

「へ？　なんで？」

「一緒に寝てないのがバレバレだろう！」

「あー、そっか……」

そりゃあ本物の新婚なら、今頃ベッドのシーツは乱れまくっててもおかしくないよな。

もっともそんな事実はないから、健介のベッドはたいして乱れていないだろう。寧ろ夢見が悪かった、私の部屋のベッドの方が乱れているんじゃないだろうか。そう思うと更にいたたまれなくなる。一緒に寝ないと言っておいて、自分はあんなえっちな夢を見てしまうなんて。しかも新婚初日で。こんなんで偽装結婚生活が継続できるのだろうか？

「とりあえず午前中は自分の荷物を整理するよ。結局結婚式のバタバタで運び込んだ荷物もそのままだし」

「……それもそうだな」

「その上で必要なものがありそうなら買い物に行きたい。付き合ってくれる？」

「ああ、もちろん」

不安を押し隠して、私はいつもと変わらないふりをした。

◇

元々一人暮らしをしていたのもあって、生活に必要なものはほぼ揃っていたから、あまり急いで買わなければならないものはなかった。

しかし二人揃って家にいても微妙に緊張するので、午後からは出かけることにする。買い置きの酒やソフトドリンク類はかさばるから、健介に車を出して貰った方が有り難い。ネットで注文する手もあったが、配達時間に縛られるのが面倒くさかった。健介も買いたいものがあると言っていたので大人しく付いていく。

「え？　ここ？」

連れてこられたのがいかにも高級そうなオーダードレスショップでぎょっとする。オーダーメイドの服なんて買ったことがない。

「一応期間限定とは言え、俺の伴侶として相応のものを着て貰った方がいいからな。仕事用のスーツと式典用の礼装、パーティー用のドレスも持ってないだろ」

「え？　パーティー⁉　私も出なきゃダメ⁉」

そう言えばたまに健介が嫌そうに愚痴ってたな。地域的な合同開発の落成式などはともかく、業界の親睦パーティーなどは水面下の情報戦があるので欠席するわけにはいかないものの、なかなか面倒くさいらしい。今までは他人事だったから『それも社長の仕事でしょ、頑張って～』なんて無責任に煽ってたけど、……妻業には同伴も求められますか。

「ダメってことはないだろうが……、出なければまた鶴澤のじじいに何を言われるか」

「あー………ですよねー……」

思いっきり遠い目になる。そうだよな。トップがそういう苦労もしているから我が社の繁栄もあるわけで。社長夫人になって家事が楽になるだけ、なんてあるはずないよな。

「で、でも今月の給料日まだだし……」

一番の心配はそこだった。オーダーメイドの服っていくらくらい？

そこそこの給料を貰ってるとは言え、当然社長ほどではない。それに式に関する費用等がほぼ健介持ちだったとは言え、結婚式までは多忙なのもあってなんだかんだと細かい出費が続いていた。今、大きな出費は痛い。

「安心しろ。これくらいは俺が払う。仕事の一環みたいなもんだしな」

あっさり言われて逃げ場を失った。

確かに一応社長夫人の立場だから、普段もあまり安っぽいものを着ているわけにはいかないだろう。

「普段着はセミオーダーでいいだろう。フルだと時間もかかるし――、礼装関係はそれなりのものを……」

健介と上品な店員さんに促されて、別室で採寸される。当然専用の採寸室だし女性しかいないのだが、馴れていないので恥ずかしかった。

「お客様……この体型ですと既製服ではあまり合うものがなかったのでは……」

言い難そうな声で店員さんが呟く。

「あー、やっぱそうなんですね。普段着は男物が多いから気にならなかったんだけど」

スーツ系はいつも買い物に苦労していた。うまく体形に合う服がないのである。

「お客様の場合、細身ですがお胸が結構ありますし、全体的に上半身にボリュームがありますから」

うん、肩幅が広いのは知ってた。重たいものを持つことも多いから二の腕も細くない。加えて似合わないことに胸が大きいのだ。これは密かにコンプレックスでもある。

「正直ブラのサイズもあってませんよね？」

遠慮がちに言われて言葉に詰まる。実は胸が目立たないように、きつめのサイズを付けて潰していた。インテリアデザイン部等を除けばまだまだ男性率の高い建築系業界において、大きな胸は百害あって一利無しなのだ。男性ばかりの集合体に、胸のでかい女が一人入れば異物混入で目立つ。極端な話、男性の目は胸にいくようになり、まともな会話が成り立たなくなる。もちろん気にしない人もいないではないがそれは極々少数派で、悲しいかな、不要な耳目を集めてしまうのが現実なのだった。

「申し訳ありませんが、下着を外させて頂きますね」

「え？」

「ちゃんとした体形を計りませんと、オーダーメイドの意味がありませんから……」

えー……。まあそうか。そうだよな。彼女はきちんと客の体にあった服を作るプロなのだ。ジャンルは違えど、ものを作り上げる業種の人間として、彼女の職人としてのプライドを損なうことはできない。

結局ブラを外してショーツ一枚の格好で採寸すること一時間弱。言われたまま立ってポーズを取っているだけなのに、なぜか身も心もボロボロな気分になって解放された。結局、服の布地の種類やデザインは希望を訊かれてもよく分からず、「お任せします」と言ったら健介と店の人が相談して決めていた。

「奥様の場合、こんな色の方がお顔に映えると思うのですが……」

「そうだな。それじゃあパターンはこんな感じとこれとこれで」

何枚作る気なんだ。

二人の会話を耳に挟みつつ店に飾られた服を見る限り、どれも上品で感じの良いものだったから、変な服を着させられる心配はないだろう。

うわー、これも偽装とはいえ妻の試練か。仕方ない。やると決めたからには中途半端なことはできない。私は半ば自棄と諦めモードで健介と一緒にその店を後にした。

共同生活に突入するに当たって、様々なことを摺り合わせる。有り難いことに家事に関する負担は殆どなかった。料理や洗い物、掃除や洗濯等は、健介が契約している家事代行業者が、仕事に行っている間にすべてやってくれたからだ。

せいぜい食べた皿を下げるくらいだが、本当はそれもやらなくていいらしい。

洗濯物はランドリーボックスへ。多少散らかしてもそのままにして仕事に行けば、帰る頃には整頓されて、床には塵(ちり)ひとつ落ちていない。ゴミ箱の中身もリセットされている。

おまけにアシスタントデバイスまであって、空調のオンオフから互いのスケジュールの確認まで、音声ひとつで応えてくれる。

なにこれ社長夫人めっちゃ楽。楽すぎて仕事に専念できる時間が増える。

だから結局健介と摺り合わせたのは生活時間くらいだ。

朝のシャワーは健介が先。夜は先に帰った方が適当に。

出社や帰社時刻が同じ時は、健介の車か送迎車に乗せて貰う。食事はそれぞれ適当に。

朝は一緒に食べることが多いが、夕食に関しては帰宅時間もばらつき、社長の健介は会食なども多いので、その辺りはリマインダーアプリを使って情報を共有した。

　多少のギクシャクはあったものの、こうして二人の共同生活はスタートしたのだった。

　ようやく二人暮らしに慣れてきた頃、上月健介は心の中で独りごちる。

（まさかこいつと結婚することになるとは思わなかった）

「じゃ、明日も直接現場入りで私の方が朝早いから、お先におやすみ〜」

　そう言って、仮の妻は自分の寝室にしている元ゲストルームへと消えていった。

「おう。おやすみ」

　互いにパジャマ姿なのにも慣れ、暗黙のルールもでき、それなりにかりそめの新婚生活は順調だ。

　いくら十年来の付き合いで気心が知れているとは言え、一緒に暮らすともなればそれなりに妥協は必要だろうと覚悟していたが、葵は予想以上に楽な相手だった。女性特有の『暗に察して』モードがなく、言いたいことはスパスパ言ってくれる。その上でちゃんと気遣いもできるから、一緒にいて不快感がない。表情が豊かで思ったことがすぐ顔に出るのも気が楽だった。

鏑木葵。初めて会った時は完全に男だと思っていた。

大学四年生に上がった頃、祖父の会社に入社するのを目前に、ふと思い立ってその工事現場を覗きに行った。自分がいずれ継ぐ会社なんだから、それぐらいいいだろうと軽い思いつきで。誰かに見咎められたら社長の孫だと言えばいい。

デザイナーズマンションだかなんだかが建つと示された看板の向こうには、基礎と土台が作られている最中で、当然ながら囲いパネルが巡らされていたが、資材の搬入があるらしくゲートに鍵はかかっていなかった。

こっそり入り込み、中を見物していたら、背後から怒鳴られた。

『どこの素人だ！　現場ではヘルメット着用が原則だろう！』

振り返るとユンボに乗った若い男が睨み付けている……と思ったら、それは女……葵だった。

健介の顔を見知っていた現場監督が、慌ててやってきて取りなしてくれたが、後から本人に聞いたら、てっきり作業員の新しいバイトだと思ったらしい。

迂闊だった自分を反省しつつも、もう会うことはないだろうと思っていたら、なんと同じ大学の後輩だった。Ｓ大学工学部建築学科。

『だって工学部って学費高いじゃん。現場のバイトなら日給いいし、実地で勉強になるから一石二鳥だと思って』

学食でカツ丼をかっ込みながらそう言った葵は、当時、ショートカットにジーンズ姿で化粧っ気もなく、とても女に見えなかった。

そもそも葵に話した通り、健介の女嫌いは母親と祖母に由来する。

祖父が裸一貫で作った建築会社を、裏で支えた祖母は文字通り糟糠（そうこう）の妻で、その昔は多くの作業員の面倒を見ていたこともある鉄火肌の女だった。対して母親は生まれた時からお嬢様育ちで、無邪気な性格だが、反面耐えることを知らない。二人は完全に水と油だった。

しかも資産家である母親の実家からの融資が大きかったこともあり両者の力は拮抗。祖父と父親は早々に仕事に逃げた。

残されたのが跡継ぎとして生まれた一人息子の健介である。育児方針は真っ向から対立し、健介は常に板挟みになった。更に不幸だったのは、年頃になった健介に、彼の将来を嘱望した周囲が身内の少女をあてがおうとしたことだった。

祖母や母親は特殊なタイプなのではと思っていた健介は、中学も半ばを過ぎる頃から、会社のパーティー等で『よかったらうちの娘を友人に』と紹介された少女達の本性を敏感に察し、深く絶望する。我が儘（まま）放題で人の話を聞かない甘やかされた娘がいるかと思えば、猫撫で声で擦り寄る者もいた。上月の御曹司というブランドが目当てだとわかってはいたものの、清純で純情そうな少女が『だって上月建設のジュニアなら玉の輿だし！』と陰で話すのを聞いてしまったり、健介より年上の重役令嬢が『いっそ子供を作っちゃえば確実かも』と画策してきたりすることが続けば、女性に幻滅するのに時間はかからなかった。母や祖母より酷い。

そして彼は固く決意するに至る。大人になっても俺は絶対に女なんか信用しない、まして結婚なんて絶対にしない。

もちろん社会人になった今、女性だって決して一辺倒ではないとはわかっている。しかし幼少時からのトラウマにも似た刷り込みは、健介の中に深く根付いてしまっていた。女性という生き物を見るだけで眉間に皺が寄る程度には。

数少ない例外が葵だ。最初は男だと思い込んでいたせいかもしれない。

葵はわかりやすい人間だった。裏表がない。何せ悲しいほど思っていることが顔に出てしまう。しかも単純でお人好しだった。今回も会社の上層部メンバーにそのあたりをいいように利用されたのだろう。

少なからず裏の顔があるのが女性だと思っていた健介にとって、葵は完全に別の人種だった。

だから。

——だから、まあいいかと？

健介は自問する。

女性経験がないわけではない。

幸い高校・大学時代は割り切って付き合える相手がいた。同じ高校の生徒会長をしていた先輩だ。彼女は野心的で計算高く、そつのない優等生のふりをしていた。が、その分ストレスも多く発散相手を求めていて、利害が一致した。あくまで割り切った大人の付き合いができた相手だ。

社会人になってからもたまに関係を持っていたが、彼女に結婚したい相手ができたので関係を解消した。

その後、仕事が忙しいこともあり特に付き合いたいと思える相手もいなかったのだが。

漆原会長の件は失態だったと思っている。決して間違ったことを言ったつもりはないが、もう少しうまいやり方があったはずだ。結果として葵を巻き込んでしまった。

実家の親がうるさくなってきたと嘆いていたのは聞いていたが、それでも偽装結婚なんてしてよかったのだろうか。しかも好きでもない相手と？

何度も心の中で繰り返した問いを、健介は頭を振って追い払う。

今更だ。もう結婚してしまったのだから。

2. 嫁と姑とその姑

「で、どうよ。新婚生活は」

当然あるだろう、社長との新婚生活に対する好奇心の目は適当に躱（かわ）す。事情を知っているのは上層部ばかりだから、他の社員からしたら私たちは電撃結婚ということになっている。

「え？　まあそれなりに」

「えー？　もっと詳しく聞かせてよ」

たまに食い下がってくる同僚には、にっこり笑って言ってやった。

「社長のプライベートに興味があると？　それは社長自身にお伝えしても？」

大抵の相手はこれで怯む。なにせ健介はあの強面で、一目も二目もおかれる社長なので、敵に回して楽しいタイプではない。

「それより仕事します！　誰と結婚しようがこちらは平社員なので！」

「葵の言う通りだぞ。佐藤、鈴木、B社の案件はどうなってる！　高橋は例の岡島邸の見積もりできてんのか？」

課内で唯一事情を知る設計部長の但馬（たじま）さんがフォローしてくれたので、少なくとも仕事中は業務に専念できていた。ランチタイムも、冷蔵庫のつくりおきを適当に密閉容器に詰めたものを持参して設計室に引きこもる。ランチルームでの好奇心に満ちた視線をシャットアウトするためだ。

「お前、会社で大丈夫か？」

「へ？　なんで？」

家で健介に聞かれてすっとぼけたが、様子は分かっているらしい。

「俺は塚田が大抵のことはフォローしてくれているからあまり影響はないが、お前は思ったことが顔に出やすいから……」

わかってるけど。その通りだけど。

「それでも生物的に女性なら問題ないって、重役連中に言われてるからね。まあ何とかなるでしょ」

強がって笑って見せたら、珍しく同情する目をされた。

「……なにかできることがあれば言え。フォローはしてやる」

不意に目元が優しくなるから、心臓がドキンと跳ねる。慌てて「だいじょぶだいじょぶ！」と顔の前でパーの形にした手を振ったら、大きな手が伸びてきて私の頭を軽く叩いた。

うひゃ。

「そうだな。鬼社長にくってかかる鉄の心臓の持ち主だもんな」

以前、契約内容の変更について、社内で健介とやり合ったことがある。元々は健介を怖がる新入社員に泣きつかれたのが発端だったのだが、互いにちょっとした行き違いがあったことが後で分かり、最終的には和解した。けれどそれ以来、他の社員の私を見る目が若干変わった案件だった。

「あの時はヘルメットしてなかった健介が悪いしー」

わざと話題の内容を初対面時にずらす。

「初対面の時以外にも何度かやってるだろうが」

「そ、そうだっけ？」

「葵は単細胞だから覚えてないか」

「覚えてるけど！　そもそもは健介が新人の女の子、その怖い顔で泣かすから！」

健介の強面による重圧に、新人の女子社員がびびって泣くのは通過儀礼みたいなものだった。しかし健介は一向に気にしていない。却って遠巻きにされる方が気楽だと言って。

はいはい、と笑いながら健介は「風呂」と去って行く。

バカ。こんなことで、跳ねるな心臓！　あんな健介の笑顔なんかで！

同居のヤバいところは健介の笑顔を見る頻度が上がるところだ。

顔が赤くなってしまったことに、どうか健介が気付いていませんように。もし気付いても怒りのせいだと思いますように。

◇

「あ、ほらほら葵さん、あれも素敵！　どう？」

一際はしゃいだ声を上げて、私の手を引っ張るのは健介の母である由希子さんだった。

いきなり新婚初日にマンションに訪ねてこられてから数週間後、どうにも断り切れず、日曜日ならばとショッピングに付き合うことになったのだ。

健介には「疲れるだけだぞ？　俺から断ろうか？」と言われたが、せめて一回くらいはと思って行くことにした。

これも契約の一環だ。営業的な仕事だと思えば割り切れなくもない。

待ち合わせた場所は高級デパートだった。既に結婚が決まった時にお祝いの品を頂いているのだが、更に何か買ってあげたいと言われ迷う。でも何でもいいと言ったらとんでもないものが届きそうだし。

とりあえず向かったのは五階の雑貨コーナーである。雑貨と言っても作家物が並び、それぞれなかなかの値段が表示されている。置物やマグカップのセットが下手すれば独身時代の私のひと月の食費くらいはいっているかもしれない。ひえっ。

「ね、こんなワイングラスで二人の夜を過ごしたらなかなかロマンティックだと思わない？」

繊細な花の形を模したグラスを手に、相変わらず由希子さんの瞳は少女のようにキラキラしていた。そしてこの手の高級品を買うのにも全く躊躇(ためら)いがない辺り、普段から慣れているのだろう。

「あー、でも私も健介もワインはあまり飲まないから……」

さりげなく拒否の意を示すと、由希子さんは拗ねたような顔になった。でも実際、私たちが晩酌で飲んでいるのは主にビールや缶チューハイだ。しかもグラスなんか使わず、缶から直飲みだった。単に洗い物を増やすのが面倒くさいという貧乏性からである。いや今は食洗機もあるし、置いておけばハウスキーパーさんが洗ってくれるのだけど、それでもなんとなく。

「じゃあ、ビアグラスの方がいいかしら?」

「いえ、それももうあるんで!」

自分で使ったことはないけれど、客用の高そうなビアグラスが確かサイドボードに並んでいたはず。使わないと分かっている物を、そのまま買って貰うのは気が引ける。由希子さんが勧めてくる物を、傷付けないように断り続けるのはなかなか至難の業だった。せめて趣味の一致するものをと必死で探すが、全体的に値段が高すぎて尻込みしてしまう。

「葵さん、私ね……」

水面下の攻防を何度か続けた後のカフェで、由希子さんはおもむろに切り出すものだから、こっちはひしと身構えた。

「本当は娘が欲しかったのよね……」

どこか遠くに視線を彷徨わせながら、彼女はぽつりと呟く。そう言われてもこちらは「はあ」と間の抜けた返事しかできないのが痛い。彼女が言う「娘」の規格に、私はたぶん当てはまっていない。

もちろん私だって女の端くれである。可愛いものを愛でるのも綺麗な格好をするのも決して嫌いではない。……まあ、たまには。

でも彼女が求める理想の娘像とは遠そうな気がして、申し訳なくていたたまれない。

「もちろん健介のことだって可愛いわよ？　今でこそ大きな図体して偉そうにしてるけど、あんな子でもお腹を痛めて産んだ子だし、初めて立った時や喋った時のことを思い出すと、今でも胸がぎゅってなる。ママ、ママってすごーく可愛かったんだから！　でもあの子、あっという間に大きくなっちゃうし、私の言うことなんか馬鹿にして全然聞いてくれないし……っ」

だんだん興奮してきたのか、由希子さんの語尾が感情的になってきて焦った。

「馬鹿にしてるなんて、そんなことないと思いますけど……っ」

「いいえ！　学生時代はそうでもなかったけど、会社に入ってからはもう一人前の顔しちゃって、私のことなんか働いたこともない世間知らずだって馬鹿にしてるのが目の端に漏れ出てるんだから！　誰が一晩中むずかり続けるあの子を抱いて毎日オムツを替えてやったと思ってるんだか……っ！」

「お、お義母さん！　ちょっと落ち着いて！」

なんだか健介の赤ん坊から最近までが彼女の中で走馬灯の勢いで回転してるようで怖い。

「それにね？　健介ってお義母さんに似てるところあるじゃない？」

「え？　お義母さんって……小春さんのことでしょうか」

「そうそう！　お義母さんもね！　私のことをずっとそんな目で見てたから分かるのよ！『こいつは何にも分かってない』ってそういう目！」

そういう目、はともかく、確かに健介の面立ちは小春さんと通じるものがある。強面だけどどこか女顔で顎が細いというか。小春さんも女性にしては強面だし。対して由希子さんがどことなく浮世離れしているのは本当だった。明らかにタイプが違うというか。

「はあ……」

だから一概に彼女の言うことも否定しきれず、つい間抜けな返事になってしまう。しかしそんな私に目もくれず彼女は堪っていたらしい憤懣をぶちまけ続けた。

「確かに働いたことはないわ。短大卒業してすぐに拓篤さんのお嫁さんになったし。そもそもお見合いしたのだって在学中だったしね。でもそれって私のせいじゃないでしょ？妻は家にいて夫を支えるのが当たり前みたいな家に育ったのよ？　まずはとにかく跡継ぎを産めって言われてたのに、働きになんか出られるわけないじゃない！」

「ごもっともです」

「それなのに……！　そりゃあお義母さんは昔から社員さん達の面倒とかもみてたみたい

だけど、私も手伝おうとしたら『あんたは向いてないから止めときな』って言ったの、お義母さんだったんだから！」

「あー…………」

上月建築は元々現会長である篤郎氏が大きくした会社だ。今でこそ設計部やデザイン部等、専門分野は細分化し、現場作業は下請けの工務店に依頼するのが普通だが、当時は結構ごった煮状態であらゆる仕事を抱え込んでいたらしい。

小春さんがまだ若かった戦後の復興期なら、社長の妻が従業員の面倒をみるなんてのはよくあることだったんだろう。いわゆる社員寮みたいなところでご飯を作ったり掃除や洗濯までして、若い社員の母親代わりに相談事なども聞いていたらしい。だから今でも重役連中の中には小春さんに頭が上がらない人も多いという噂（うわさ）すらある。恐るべし糟糠の妻。

とは言え小春さんの言う通り、由希子さんに同じことができたかと言えば想像しにくい。なにせ生まれた時からのお嬢様育ちで、蝶よ花よと育てられ、あまり苦労とは縁がなくきている。決して人柄は悪くないし、家事は多少できるのかもしれないが、他人の心の機微には疎そうな雰囲気がある。なるほど小春さんとは対照的な女性だとしみじみ思う。

「あの、葵さんも……私のこと馬鹿にする……？」

「しませんよ」

上目遣いで見られて噴き出しそうになるのを堪えた。

「……本当に？」

なんというか、五十代には思えない無邪気さだ。だけど私自身が持ち得ない可愛らしさでもある。基本的に素直な人なのだ。

「本当です」

だから本心からそう言った。

由希子さんはホッとしたように肩の力を抜くと、嬉しそうに微笑んで「じゃあこの後は何を見に行きましょうか？　アメリカ映画に出てくるような大きな花柄のエプロンなんてどう？」とはしゃいだ声を上げた。

あー………。まあいっか。

そんな風にして月に二度三度、由希子さんと出かける日が続いた。

かと思ったら小春さんに家に招かれたのは、やっと由希子さんとの約束が途切れたその次の日曜日だった。

「わざわざ休みの日に呼び出してしまってすまないね」

「いえ。あの……今日は由希子さんやお義父さんは」

確かひとつ屋根の下にお住まいのはずだった。ご在宅なら一言挨拶せねばだろう。そうでなくとも会長に至っては上役でもある。

「うちのはゴルフでバカ息子は趣味の陶芸、由希子はいつものエステじゃなかったかね」

「あ、そうなんですか」

塵ひとつ落ちてない和室に通され、花を生けている小春さんの前で、緊張しつつ正座を保つ。開け放した縁側からは綺麗に整えられた植え込みや池が見えた。池にしつらえられたししおどしが、水が溜まる度にかこーんと小気味のいい音を立てる。

しかし、ふかふかの座布団を敷いているとは言え、正座は慣れていない。三十分以上は厳しいかも。

「足を崩してもいいんだよ？」

あちゃ、お見通しだった。

「あー、それじゃあお言葉に甘えて」

つまりそれなりに長くはなるんだな。

「最近、由希子とよく会っているようだね？」

「ええ。買い物に付き合って頂いてます」

「あの子が付き合わせたの間違いだろう？」

小春さんは面白そうに口の端を上げる。やはりお見通しみたいだ。

「煩わせてすまないね」

「いえ、そんな……」

「あくまで名目上の結婚なのに、そんな面倒な仕事が入ってるなんて思わなかっただろう？」

「え⁉」

ちょっと待て。小春さんや由希子さんは知らないはずじゃなかったのか？

「……ああ、やっぱりそうなのかい」

「………‼」

引っかけられた。健介にも塚田さん達にも勘の鋭い人だって聞いてたのに！

「あ、あの……」

「大丈夫、由希子は知らないよ。たぶんこれっぽっちも気付いてないだろう」

「はあ」

話が早すぎて追いつかない。そしてあっさり見破られてる自分が情けない。

「事のなりゆきは大体想像付くけどね。鶴澤のじいさん辺りかい？」

どうしてそこまで分かっちゃうのかなあ！

私が返事をしないのが答えだと、小春さんは気付いているらしい。手にしていた花鋏(ばさみ)で竜胆(りんどう)の茎の根元をバチンと勢いよく切り落とす。

「まあ……健介とあんたが納得してやってるなら口を出す気はないけれど……」

なんかもう、答えを口にするのも難しく、ひたすらだらだらと脂汗を流す。気が付けば足は正座に戻っていた。

「もし困ったことがあれば連絡しておくれ。多少は力になれるかもしれないし」

「え？」

思わず顔を上げたら、またもや面白そうに口の端を上げる。これが彼女のデフォルトの笑い方なのかもしれない。

「あの、会長や健介のお父様はこのことを……」

知っているのだろうか？

「拓篤はたぶん知らないだろうね。あの子は会社とは関わりたがらない子だから。うちの人は……まあ何も言わないのならそういうことなんでしょうよ」

それって気付いてないってこと？　それとも気付いてないふりをしてるってこと？

だけど小春さんは華鉢の中身を整えながら、それ以上何も言わなかった。気にしなくていいってことかな。

「葵さん、あんたもウチの嫁とは別の意味で単純そうだねえ」

「……そうかもしれません。色々難しく考えるの、苦手なんです」

結局はそういう性格なのだ。でも小春さんの言葉が褒めているわけじゃないのは分かる。

小春さんは華鉢に向けていた膝をずらし、体ごとまっすぐ私の目を見据える。心の底まで射貫くような視線に、私は唾をゴクリと飲んで居住まいを正した。

『それにね？　健介ってお義母さんに似てるところあるじゃない？』

そんな由希子さんの声が脳裏に蘇(よみがえ)った。やっぱり小春さんは健介に似ている。いや、逆か。健介が小春さんに似ているのか。今の彼女の表情は、部下の報告を聞く時の健介の表情にそっくりだった。この予断を許さない目が、健介の社長という立場を強固なものにしている気がする。

「でも、悪くはないね」

「は?」

「本当に今日は呼び立ててすまなかった。あんたとは一度サシで話してみたかったから」

「――いえ」

いくらメールやビデオチャットなど便利な通信アプリが世間を網羅したとしても、やはり人と人との信頼関係はお互い顔を合わせて行うコミュニケーションが強い。その人の話し方や会話しながらの表情、仕草など、インプットされる情報量が違ってくるからだ。

「私も……直接お会いできて良かったと思っています。こんな風にたとえるとおかしいかも知れませんが、設計部に所属していても、お客様とも可能な限り対面でお話しさせて頂きます。基本的に窓口は営業部になりますが、直接お客様とお会いすることで仕事の密度と解像度が上がりますから」

お客様、と言っても個人であることは少ない。当然関わっている人の分だけ様々な思惑や希望が介入する。そして先方の希望が必ずしもクリアであるとは限らない。何度も話し合いを重ねる度に、本当の希望がどこにあるかを見つけ出す場合もあるのだ。そうして先方の満足度をあげるために、こちらは足を運ぶことや言葉を惜しんではいけないのだ。

そんな思いを込めて、小春さんに伝えた。小春さんはお客様ではないけれど、健介の縁者だ。ないがしろにするわけにはいかない。

　ふと小春さんの眦が下がって柔らかくなった。

「あんた、お人好しだって言われるだろう」

「え？　ええ、まあ」

　主に健介に。

「……瓢箪から」

　ひょうたん？

　と聞き返そうとした途端、廊下の向こうから馴染みきった気配が近付いてきた。

「お義母さま！　葵さんを呼び出したって本当なんですか⁉　私には散々……！」

　開け放った障子に小柄な由希子さんの影が映ったかと思うと、少し高めの声が怒りを発して現れた。

「あ、お義母さん」

　正座して小春さんと正対していた私を見た途端、由希子さんの顔が怒りに歪んだ。

「お義母様にはあれほど言ったはずです！　葵さんのことはしばらく静観してください、虐めたりしないでって！」

　けれど小春さんはそんな由希子さんに慣れているのか、馬耳東風と聞き流している。

「虐めるなんて人聞きの悪い。ちょっと話があるから呼んだだけだろう？」

「話だったら電話でもできるじゃないですか！」

「顔を見てじゃなきゃできない話もあるんだよ。あんたにはわからないかもしれないが」

一言多い。案の定、由希子さんの顔は真っ赤になる。

「大体、あんただってしょっちゅうこの子を呼び出してるみたいじゃないか」

「そ、それは、でも……っ」

「おばあさま、お義母さんは私が付き合って貰ってるんです」

口を挟んだ私を、小春さんはきっと見据える。

「かばい立ても結構だけどね。周囲がそうやって甘やかすから、由希子はいつまでも誰かに甘えるのをやめないんじゃないかね？」

立て板に水。ぐうの音も出ない。

「葵さん、もういいわ」

由希子さんは言い返す言葉を無くし、唇を噛んで俯いた。

この二人は今までずっとこうやってきたのかな。どちらも決して悪い人ではなさそうなのに。

「先日お義母さんに選んでいただいたイヤーマフはすごく温かかったです。そろそろ早朝の現場も寒くなってきたからとても助かってるんですよ」

なんとなく義母を落ち込んだままにさせておきたくなくて、そう告げる。由希子さんの噛み締めていた口元が少し緩んで、目尻が滲みそうになっていた。

「そう。なら良かった」

「おばあさま。今日はお会いできて良かったです。もし何かあったらまたいつでも声をかけてくださいね」

「……ああ」

「ではそろそろ失礼します。健介にも夕食までには帰ると言ってきたので」

「そうかい。今度は健介と二人で遊びにおいで」

「はい。ありがとうございます」

「悪いけど、私はここで失礼するよ」と言った小春さんを和室に残し、私と由希子さんは玄関へと向かう。広いお屋敷の廊下を何度か曲がると、由希子さんがぽつりと呟いた。

「葵さん、よく平気ねえ」

「え？」

「お義母さまよ。私なんて、初めて会った時から怖くて堪らないのに」

あれだけ言い返していたにもかかわらず、由希子さんにとって小春さんは脅威らしい。まあ、分かる。美人で大柄で人を射貫く目をしているから、なかなか圧の強いタイプだと思う。だけど怖くはない。ただその理由を目の前の女性に告げていいかどうか迷う。

「確かに迫力のある女性だと思うんですけど……あの」

言いかけて口ごもってしまった。いや。ここまで言ったら由希子さんだって最後まで聞かないと後味が悪いだろう。

「なあに？　教えて？」

邪気のない瞳がまっすぐ聞いてくるから、私は意を決して答えた。

「以前お義母様も仰ってたと思うんですが、健介……さんに似てるから、怖くはないかな」

由希子さんの目がきょとんと丸くなる。私は言ってから頬が熱くなった。

「えっと、血が繋がってるから似てて当然なんですけど、あのちょっと怖そうな目付きとか高圧的な喋り方とか、健介によく似てるなーと思ったら、不思議と怖くなくて」

そうなのだ。今回改めて思ったが、健介は小春さんとよく似ている。勿論祖父である会長や、社長からとっとと降りたお義父さんにも似てなくはないが、切れ上がった眦などは小春さんとそっくりだった。健介は怖くない、強面だけど、本当は優しいことを知っているから、怖い顔をされても全然平気だった。だから小春さんも怖くない。

由希子さんが少し不満げに唇を尖らせ「そう……」と呟いたその時だった。

「奥様！　大変です、大奥様が！」

廊下の向こうから聞こえる声は最初に和室に案内してくれたお手伝いさんだろう。切羽詰まった彼女の声に、私は慌てて履きかけの靴を脱ぎ捨て、和室へと走り出す。和室の中では、小春さんが胸の辺りを抑えて前のめりに倒れていた。

「小春さん！　小春さん⁉」

なるべく体を動かさないようにしながら、肩を軽く叩いて名前を呼ぶ。しかし何の反応もない。後から走ってきた由希子さんもただならぬ様子を見て口に手を当てていた。そんな彼女に「救急車を！」と怒鳴る。「私が！」と慌ててお手伝いさんが部屋の隅にあった電話の子機を手にした。

小春さんをゆっくり仰向けにし、顎を持ち上げて気道を確保してから、胸に耳を当てて呼吸を確認する。しかし呼吸が感じ難い。以前こんな症状を見たことがある。ヤバい。

呆然と立ち尽くしている由希子さんに聞いた。

「何か持病は？」

「あの、あまり知らなくて……でも普段は特に何も……あ、そう言えば血圧の薬を飲んでたって……」

顔色が青白い。意を決し、彼女の胸部に手を当てて心肺蘇生を始めた。自分の手の平を重ねて、手首に近い部分で三十回圧迫し、鼻を塞いで口移しに呼気を吹き込む。それを何度か繰り返すと、くふ、と小春さんが息を吹き返すのがわかった。

「小春さん、大丈夫ですか？」

ぼんやり私の方を見ながら、彼女は目だけで頷く。

「そのまま動かないでください。今、救急車が来ますから」

静かにそう言うと、彼女はまた小さく頷いた。

「何か、体にかけるものをお願いします」

後ろに向かってそう言うと、電話を終えたお手伝いさんがぱたぱた走って行く音が聞こえた。

「葵さん……？」

残された由希子さんが、泣きそうな声で私の名を呼んだ。

「とりあえず呼吸は戻りました。あとは救急の方がくるのを待ちましょう。どこか……かかりつけの病院があればそちらに連絡して、受け入れ確認をお願いします」

「わ、わかったわ」

仰向けに目を閉じたまま、小さく呼吸を繰り返す小春さんの姿に、強ばっていた全身から力が抜ける。

以前、こんな現場に居合わせたのは、足を滑らせた作業員が鉄骨に頭を打って倒れた時だった。建築業界も重機作業など危険と隣り合わせの業界である。工事現場に立つこともある身として、会社の通常業務の一環で心肺蘇生の講習を受けていたのが幸いだった。

「お義母さん、すみませんが、おばあさまの手を握っていてあげて貰えますか」

かかりつけ医への連絡が終わったことを確認して、由希子さんにそう頼む。彼女は今までの迫力に気圧されたのか、言われるがまま小春さんの手を握った。救急車のサイレンが近付いてくる音がする。

入れ替わりに自由になった手で、健介に電話した。

「あ、健介。小春さんが急に倒れた。今から一緒に病院に行くから、帰りが遅くなる」

通話口の向こうで健介は一瞬絶句していたが、すぐに「わかった。俺も行く」と返してきた。不安そうにしている由希子さんと目が合い、私は力づけるように笑った。

◇

結局、小春さんの失神の原因は突発的な心不全だろうとのことだった。当然、万全を期して検査入院になる。

「応急処置が早かったので大事に至らずにすみました」

「葵さん、本当にありがとう。私だけだったらオロオロするばかりでどうなってたか……」

お医者さんや由希子さんにそう言われ、ひたすら恐縮する。健介から連絡が行ったらしく、会長やお義父さんも駆けつけた。病室を覗くと、小春さんは薬で眠っているようだったが、顔色は良くなっていてホッとした。

入院や検査の手続きもこの人数がいれば充分だろう。私たちは翌日も来る旨を告げ、二人で先に帰ることにした。

◇

マンションに帰り着いて、リビングのソファに座り込んだ途端、気が抜けた。健介が冷蔵庫から「飲むか?」と缶ビールを出してくれる。一口飲んで、缶を持つ手が少し震えているのに気付いた。さっきまでなんともなかったのになんで?

健介に「お疲れさん」と声をかけられ、体中の骨が溶けたようにぐんにゃりしていく。

「葵？」

「……こわかった」

張り詰めていた気持ちが緩み、本音が漏れ出す。怖かった。倒れていた小春さんの青白い顔と感じられない呼吸。このまま目覚めなかったらどうしよう、そう思って必死だった。

私の声が泣きそうなのに気付いたのか、健介が私の隣に座る。そして大きな手が私の頭の後ろに伸び、体を引き寄せられた。ぽすん、と彼の肩の辺りに頭が乗せられる。

「お前はよくやった。偉かった」

一瞬なにが起きたか分からなかったが、温かい腕の中にすっぽりとはまり、優しい声が耳の奥にじわりと染み込んでくる。彼の体に頭をもたれさせ、体重を預けると、ようやく恐怖と安堵がおり混ざって涙と一緒に溢れてきた。

「こわかったぁ……」

「ああ」

「無事で、よかった」

「葵のおかげだ、ありがとう」

「！　健介ぇ……っ」

そのまま彼の胸にしがみついてすすり泣いた。これは一度感情をオーバーフローさせなきゃだめなやつ。泣いちゃえば落ち着くと分かっていたから、遠慮なく泣きじゃくった。

健介の大きな手が頭を撫でてくれて気持ちがいい。体の触れ合っている部分が温かくて、信じられないほど安心していられた。

さんざん泣きじゃくった後、ようやく彼のシャツがびしょびしょに濡れてしまったことに気付く。

「ごめん、シャツが……」

そう言って顔を上げたら、至近距離で目が合った。顔が近い。十センチと離れてないんじゃないだろうか。小春さんに似た、強面だけど端正な顔立ち。真っ直ぐな鼻梁や整った眉の形、深い眼差しと、薄いピンク色の唇。なぜか目が離せなくなってしまい、そのまま見つめていたら、彼の顔が更に近付いてきて、思わず目を閉じる。私の肩には彼の腕がしっかり回されていて、逃げたくても逃げられなかった。体が動かない。

唇に、柔らかい感触がぶつかった。

キスされている。

その事実だけで頭の中は真っ白になり、何も考えられなくなる。

ただ触れているだけなのに、唇だけに感覚は集中して、ずっとそのまま彼を感じていたかった。気持ちいい。離れたくない。そんな気持ちが身じろぎさえ躊躇（ちゅうちょ）させる。

時間にして数分か、それとも長く感じただけで本当はもっと短かったのか。彼の唇が離れた感触に、そっと目を開けると、困ったような、けれど僅（わず）かにはにかんだような顔の健介と目が合った。

「悪い、つい――」

「う、うん………」

辛うじて答えた私の声は、少し上擦っていたかもしれない。

「風呂、入ってくればいい。その間に適当に飯の用意しとくから」

「あ、ありがと」

何もなかった風を装って、私はソファから立ち上がり浴室に向かった。えーと、私、ちゃんと普通の顔してる？　ぎこちなくなってない？

タイマーをセットしてあったらしく、浴槽にはお湯が張ってあった。そこに思い切りよく飛び込むと、両手で自分の顔を覆う。

キス、したよね？

あれ何だった？

ちょっと変なテンションになってたし、弾み、みたいな？

それともよく頑張りましたのご褒美的なやつ？

いやいやそれはともかく、思い切り気持ちよさそうな顔をしてしまったんじゃないだろうか。それこそ顔に出てるってやつで。健介への想いもダダ漏れだったんじゃないだろうか。うわ、それが一番ヤバいじゃん！

いやでもたかがキスだし！　欧米なら友達同士や家族同士でもマウストゥマウスは普通らしいし！

必死で自分を落ち着かせようと試みる。たぶん、変な顔になっている。こんな顔のまま健介のところに戻れない。あーーー、一緒に暮らしてると逃げ場がないのが辛い！

……一応、妻だし？　でも契約結婚だし？

同じ思考がぐるぐる回り続ける。

いや、気にしない。さっきのはもらい事故みたいなものだと思おう。きっと健介にとっても深い意味はなかったに違いない。自分にそう言い聞かせながら、動悸を激しくさせたまま、私は湯船にぶくぶくと沈んでいったのだった。

頬を上気させながら、切なげに自分を見つめていた葵の顔が、健介の脳裏に焼き付いて離れない。なんであんなことをしてしまったんだろう。

もちろん最初はただ慰めようとしただけなのだ。キスなんてするつもりも全くなかった。たまたま居合わせてしまったとはいえ、夫の肉親の非常時に立ち会い、生死を分かつ状況に追い込まれた。社内業務の一環とは言え、葵が救命講習を受けていて本当に良かったと思う。

もっとも母親の由希子だったら、仮に講習を受けていたとしても、オロオロするばかりで咄嗟には動けなかったかもしれない。

男ばかりの社会で生きているせいか、それとも元々がそういう気質なのか、いざという時に度胸が据わっているのは葵の長所と言える。本人にその自覚があるかどうかは不明だが、それは健介が彼女を気に入っている理由のひとつでもある。おかげで小春は一命を取り留めた。

いくら口うるさい部分があり、母親と犬猿の仲だからと言って、肉親の情がないわけではなかった。嫁や孫に対する態度はともかく、まだ元気でいて欲しいとは思っているのだ。葵からすればこの結婚はあくまで会社のためだったのに、生来のお人好しも手伝って母親達に付き合ってくれた。そしてその結果、今回小春は助けられたと言える。

健介の感謝の気持ちは大きかった。

だから、張り詰めていた糸が切れたように葵が泣き出した時、自然に彼女を慰めようとしたのだ。

抱き寄せて、その肩の薄さにぎくりとする。首の細さにも。一般的な女性に比べたらがっしりしている方だと思っていたが、やはり男の体とは全然違う。と同時に、結婚式の翌朝、偶然見てしまった裸体を思い出してしまう。

普段はあまり気にしたことがなかったが、そう言えばこいつも女だったんだ。って言うか、あんなに胸がでかかったか？　葵なのに？

そんなことを思ってしまった自分に呆れた。

そしてひとしきり泣きじゃくった彼女が顔を上げた時、何かが胸を擦る。真っ赤に泣きはらした目、紅潮した頬。僅かに開いたピンク色の唇。視覚から生まれた小さな熱に、考えるより先に体が動いていた。

触れるだけのキス。

葵は拒まなかった。されるがまま、子供のように固まっていた。そのあまりの無防備さに、いっそむちゃくちゃに壊したい衝動に襲われ、必死で自制した。

あんな上気した頬とか、熱っぽい目とか、欲情したような顔を簡単に男に見せちゃダメだろう。自分は女嫌いだからいいようなものの、普通の男ならうっかり押し倒しかねない。いや、元々キスしてしまった自分が悪いのだが。

開け放った冷蔵庫の前で、いくつも並んでいる保存容器を前についそんな思索に耽ってしまっていたら、開放注意の警告音が鳴って思考を中断させた。

(何を考えているんだ俺は)

葵は大事な友人だった。だから今まで女だとみたことはなかったはずなのに。急に彼女が女の顔をしたから、血迷ったのだ。

そう思うことにする。変に意識すれば、この結婚生活が成立しなくなる可能性が出てくる。

健介はそう思いきると、適当に取り出したおかずの容器を、次々と電子レンジに放り込んだのだった。

3.「一番、綺麗」

多少ギクシャクはしたものの、健介との生活はあまり変わらなかった。少なくとも表面上は。数日後、小春さんのお見舞いに行った時も普通。まるでなにもなかったみたいだ。

更に三日後、由希子さんかららしき電話を受けていた健介は、通話を切った後、私を見て言った。

「祖母様（ばあ）、無事に退院できたらしい」

「そうなんだ、よかった！」

「お袋が珍しく機嫌よく連絡してきたよ」

「へえ……。安心したんだね」

「そうみたいだな。『あの人も人間だったのね』だとさ」

「あはは。今度お見舞いに行ってみるよ」

リアクションに困る発言だけど、とりあえず笑って誤魔化（ごま）す。

「ああ、悪いな。俺も一緒に行くから」

「うん」

しかし水面下では悶々としまくっていた。あのキスは何でもないと自分に言い聞かせながら、都合のいい方にばかり意識が向く。

本当は健介も自分のことが好きなんじゃないか、とか、少しは女として意識してくれだしたんじゃないかとか。

いやいや、ないでしょ。この長い付き合いでなんにもなかったのに、一応仮とはいえ結婚生活を始めたら急に？　そんな都合のいい展開があるはずがない。そう思わなきゃ心臓がもたない。

幸い、仕事は忙しかった。現場を飛び回る日々が続き（半ば上司に頼み込んだのだが）、合間に書類仕事を片付ける。残業も進んで引き受けた。マンションに帰るのが気が重かったからだ。

「葵さん、何かありましたか？」

そう訊ねてきたのは、健介の秘書である塚田さんだった。

「何も？　なんでですか？」

「最近、残業が多いようなので」

「そうですか？　いつもとあまり変わらないはずですが」

さらりと躱したが、塚田さんの眼鏡の奥が怪しく光る。

「もし社長と何かあるようでしたら相談に乗りますし、意に沿わないことがあればこちらから対処することも可能です」

「対処って？」

「これでも秘書なので、色んな方法が御用意できます」

真面目な顔で言い切った、眼鏡の奥の目が怖い。

「なんにもないです！　本当に大丈夫なので！」

「それに……葵さんには今までと違う仕事もして頂かなくてはならないですし」

「へ？」

「社長から聞いていらっしゃいませんか？」

ここのところ、なるべく顔を合わさないようにしていたから、ゆっくり話す機会はあまりなかった。

「実は来月、鶴澤開発主催の創業記念パーティーがあるんですよ。それに社長と一緒に参加して頂きたいんです」

「うげ！」

思わず変な声が出た。

「正直、今までも社長の結婚を機に、葵さんにも様々なパーティーや会食の招待はあったんですが、社長の命令でお断りしてきました。社長はあまり葵さんを表に立たせたくないと言うご意向だったので。しかし今回のパーティーはさすがに欠席というわけにもいかないので……」

そりゃそうだ。今回の偽装結婚は漆原会長のご機嫌を取るためにに仕組まれたわけで。にしても他のパーティーを断っていたなんて、健介なりに気を遣ってくれていたわけだろうか。

「健介はなんて?」

「社長は今回も葵さんの出席の必要はないと仰っていました。あまり大勢の前に立って、葵さんの負担が大きくなるのを懸念されたんでしょう」

「それに『大勢の前でぼろを出したらヤバいし』、とか?」

健介が言いそうなことを口にしたら、塚田さんの顔が一瞬フリーズする。当たらずとも遠からずだな。

「分かりました。出席します。会社のためにはその方がいいんですよね?」

「え、ええ」

私の言葉が意外だったらしく、塚田さんはちょっと言葉を詰まらせる。しかし本来の目的を無視するわけにはいかなかった。

「詳しいことは健介に聞きます。それでいいですか?」

「ええ。でも本当にいいんですか?」

念を押されると言うことは結構大変なことなんだろう。でもそこから逃げてたら偽装結婚した意味がない。

「やるべきことはやります。今までも。これからも」

そう言いきった私に、塚田さんは大真面目な顔で一礼した。

◇

「で、鶴澤開発の創業記念パーティーだって？」

珍しく定時で上がり、帰宅した健介を待ち受けて開口一番そう言った。

「塚田か……」

健介は苦い顔で行儀悪く舌打ちする。

「こっちも忙しかったから悪かったけど、そのための偽装結婚でしょ？　ちゃんと言ってくれなきゃ」

とりあえず顔を見ないように避けてたことは棚上げしておく。そんなこと言ってる場合じゃないし。

「本当に出席するのか？」

「もちろん」

「鶴澤のじいさんみたいなのがいっぱいいるぞ？」

うわ。それはちょっと嫌だな。

「なんとかする」

「なんとかって？」

「由希子さんにコーチングを頼もうと思って。由希子さんて生まれながらのお嬢様育ちなんでしょ？」

残念ながら、その特性を生かす間もなく夫である拓篤氏は社長業をとんずらしたわけだが。それでも次期社長夫人の時期は長かったから、それなりに場数は踏んでいるはずである。

その件について連絡してみたら、二つ返事で引き受けてくれた。着るものをどうしようと思ったら、例のドレスショップでパーティードレスの類いも何着か発注済みだった。合わせてバッグとかの小物類も。

「だから、いつ必要になるか分からないと言ったろ？」

健介に言われて深く納得する。覚悟を決めて健介の実家に向かうと、なぜかコーチングを頼んだ由希子さんと一緒に小春さんまで待ち受けていた。

「動き回って大丈夫なんですか？」

「人を病人扱いしないでおくれ。全然動かないままじゃあ、あっという間に寝たきりになっちまうよ」

それもそうか。

「もうずっとこんな調子なのよ？　しかも葵さんが来るって聞いてからはしゃいじゃってはしゃいじゃって」

「なんだい、はしゃいでなんかいないよ。はしゃいでたのはあんたの方だろ」

「お義母様だって気持ちは、はしゃいでたじゃないですか」

そんな二人を見て、一緒に付いてきた健介と顔を見合わせた。なんか仲良くなってる？

「まあそれはともかく。肝心なのはあんたのパーティーデビューだ。私も昔は苦労したからね。少しは役に立てるかもしれないと思ったのさ。由希子だけじゃ心許ないしね」

「お義母さまったら！」

由希子さんは頬を膨らませるが、それでも殺伐とした感じではない。先日の小春さんの一件で、二人の間にあった何かが変化したのかもしれない。

「まず立ち居振る舞いからかねえ」

「それより笑顔の作り方じゃないかしら」

「あ、あの、私が教えて貰おうと思ったのはその、漆原会長への対策というか、受け答え的なアドバイスで……」

おののく私に、二人の視線が集中する。先に口を切ったのは舌に鬼を潜ませる小春さんだった。

「そんな甘い考えであのじいさんを打ち負かす気かい？　あんた自身が健介の嫁としてふさわしいと思わせなきゃ、化けの皮なんてあっという間に剝がされちまうよ」

かと思えば由希子さんはおっとり口調で切り込んでくる。

「そうねえ。嫌な会話を受け流すコツくらいは教えてあげられるけど、できれば健介のお嫁さんとして、誰にも文句を付けられないような下地くらいは整えていってもいいと思うのよ？」

なんか二人が結託して攻めてきているようで怖い。でも仰ることはごもっともだ。私が変な言動をすれば、それは上月の家や会社全体に影響するのだ。

「分かりました！　一朝一夕にといかないのは重々承知ですが、上月の嫁として、特訓お願いします！」

奮起する私に、小春さんは冷笑を浮かべ、由希子さんは玩具（おもちゃ）を見つけた子供のようにキラキラした笑顔になった。怖っ。でも後には引けない。完璧に、とはいかないにしても、可能な限りの努力はするべきだろう。

その日から、終業後は上月の家に行って色んなレクチャーを受けることになった。それこそ立ち方や座り方、歩き方まで事細かに。

「そんなに大股に歩くんじゃないよ！　檻の中の虎じゃないんだから！」

「まだ笑顔が硬いわねえ。口角を上げるには……割り箸を噛んでみましょうか？」

厳しい声と、優しい声の容赦のないアドバイスが交互に飛んでくる。

休みの日にはお抱えのエステティシャンが上月家に呼ばれ、髪や肌を入念に磨かれた。お化粧の仕方もレクチャーされる。

「だって普段仕様とパーティーじゃお化粧の仕方も違うでしょう？」

当然といった由希子さんの言葉に、そうなのかと怖じ気づきそうになったのはここだけの話。ごめんなさい、そもそも普段からあまり化粧もしていなかった。ファンデと口紅（リップ）を塗るくらいだ。

ネイルに関してだけはナチュラルカラーのシンプルなもので勘弁して貰う。さすがにごてごて盛った爪では現場に出られない。

それでも由希子さんは楽しそうだった。その分、凝ったアクセサリーを用意してくる。

「だって、娘が欲しかったって言ったでしょう？」

そう言えば仰ってましたね、確か。

「誰かに頼って貰えるなんて今までなかったし」

にこにこ言われて、そういうことかと得心する。確かに誰にも頼られない生活は、気軽かもしれないが少し寂しいかもしれない。

「お義母さまもね、無理しないように見張らなきゃいけないし、忙しいわぁ」

あまりに楽しそうに言うものだから、こちらも頑張るしかない。

「大丈夫か？」

健介にそう訊かれたが、笑って誤魔化した。大丈夫じゃなくてもやるしかないのだ。

◇

オーダードレスショップで誂(あつら)えたのは、上半身はフィットしたビスチェスタイルのトップスにスカラップレースの襟と袖を合わせた玉虫色のドレスだった。背中がコルセットのように編み込まれているのが、透けたレースの向こうに見えているのが上品にセクシーだ。下はふんわりと膨らむロングスカートのように見せて、実はパンツスタイルだった。ボリュームのある上半身をすっきりさせ、逆に下半身を膨らませてバランスをとっているらしい。動きやすくて、正直助かる。

「健介のオーダーにしてはまあまあね」「ショップのセンスと腕だろ」とは義母と義祖母の忌憚(きたん)のない意見だった。

パーティーを間近に控え、仕上がりを一応健介にも見て貰う。

健介はドレスを着た私を見て、軽く瞠目すると「いいんじゃないか」とそっぽを向いた。

「やあねえ。照れてるにしてももう少し言い方があるでしょう?」

横で見ていた由希子さんが呆れた声を出す。

だけど私はそれどころじゃなかった。健介が照れている? 私に?

いやいや、お義母さんの気のせいかもしれないし。浮かれちゃダメだ。大体このパーティーは社運をかけたプロジェクト、みたいなもんだし。

漆原のじじいをぎゃふんとは言わせないまでも、上月の嫁として多少は進化したことを実感させたい。メラメラと闘魂を燃え上がらせる私に「なんでもいいが拳を握るのはやめておけ」と健介が冷静に突っ込んだ。

◇

秘書の塚田さんが運転する車で、高級ホテルのパーティー会場に乗り込む。

「とりあえず俺の腕に摑まってろ」

私の緊張を察したのか、健介は肘を差しだしていつもの愛想のない声でそう言った。余りにも彼が通常運転なので、上擦っていた気持ちが少し落ち着く。それでも踏み込んだパーティー会場には、見たこともないような豪華なドレスやスーツに身を包んだ品のいい人たちがいて、私たちが入場した途端、一斉にこちらを見ている気がして足が竦んだ。

「さすがに注目されてますねえ」

塚田さんが一歩下がったところで呟いた。

「あ、やっぱ見られてます？」

「まあ……ただでさえ独身の若い社長は注目を浴びやすいですし、特にうちの社長は女嫌いで通してましたから」

苦笑の漏れる説明に、健介が苦虫を嚙み潰した顔になる。更に追い打ちをかけるように塚田さんが続ける。

「今まで狙っても近付けなかった獲物が、思ってもいなかった伏兵に易々とかっさらわれた感じでしょうか」

「うげー」

分かっていたはずなのに忘れていた事実が目の前に突きつけられた。そうなのだ。健介はスペックがいいから狙われやすい。隙あらば玉の輿に、あるいは娘や孫娘の結婚相手に。それもこれも健介が鉄壁の女嫌いで防いできたが、そこにひょっこり見知らぬ一般女子が現れたのだから、品定めの的になって当然だった。

そう思うと急に脚が竦む。胃が縮む。やばい。緊張してきた。そんな私に「それでは」と塚田さんが立ち去ったのを見計らって、健介が耳元でそっと囁く。

「一度しか言わないから良く聴け」

「な、なに？」

「この会場にいる中で、葵、お前が一番綺麗だ」

「ふえっ⁉」

思いもしなかったことを言われて変な声が出る。けれど健介は動じることなく、私の背中にそっと手の平を当てて続けた。

「だから堂々と胸を張れ」

急に何言ってるんだこの男は！

「お前だってそうだろう？」

「な、なにが！」

「俺よりいい男はいないと思わないか？」

そう言ってにやりと笑う健介の顔に、嘘みたいに一瞬で落ちた。

バカじゃないの？　何その自信過剰は。そう肩の力が抜ける、もう一方で。

やばい。そうかも。いつもと違ってパーティー仕様に上げられた前髪と、露わになった男らしい真っ直ぐな眉。その下の切れ長の目は面白そうに輝いていて、長い睫毛を震わせている。見上げるほどの背も、広い肩幅も、引き締まったウエストも、私の腰に回された長い腕も、光の粉をまぶしたように輝いて見えた。

そう思った途端、変な魔法にかかったみたいに、他の男性がカボチャかナスにしか見えなくなる。なにこれ。ウエルカムドリンクに変な薬でも入ってたんじゃ。

だけど効果はてきめんだった。彼の一言が私を無敵にする。

『お前が一番綺麗だ』

その健介の声が、鼓膜に刻まれて強力なバリアーになった。誰に紹介されても、由希子さん伝授の上品な笑顔で受け答えができる。

（いい？　プライベートや聞かれたくないことに踏み込まれそうになったら、とにかくにっこり笑って『ご想像にお任せしますわ』で大体切り抜けられるから）

なるほど、由希子さんの言う通りだった。それだけで向こうが勝手に解釈してくれる。有り難い呪文に心から感謝する。

パーティーが始まり、漆原会長の式辞が終わったところで、挨拶の列に並んだ。

「さっき言ったこと、忘れるなよ」

会長に挨拶する直前、健介に耳元で囁かれ、背中が震えた。だって潜めた声が色っぽい。

「さっき？」

高まる緊張につい聞き返すと、健介は小さな溜息を吐いて更に耳元に唇を寄せてきた。

「お前が、一番綺麗だ」

ぐあっ。こんなのダメ。こんな一撃必殺レベル、二度も食らったらひとたまりもない。彼の言葉が心臓を貫き、私は更に不敵で不死身な生き物に生まれ変わる。

「おお、上月の若造。それに嫁も化け方が上達したな」

きわどい冗句に、口角が上がった。その程度じゃ痛くも痒くもない。

「披露宴にはご参列頂きありがとうございました。また会長にお目にかかれるなんて光栄ですわ」

由希子さん直伝の最上級スマイル。攻撃力は半端なく、周囲から息を呑む声が聞こえたし、会長でさえ一瞬言葉を詰まらせたのを私は見逃さなかった。その間も、私は健介の声を脳裏でリピートして、自分に最強呪文をかけ続ける。

私は綺麗。この会場で、一番綺麗。いとも簡単に呪文にかかる自分の単純脳を、今ほど有り難いと思ったことはなかった。健介がそう言うのなら、私は綺麗なのだ。

その後も、誰に話しかけられても難なく切り抜けられた。

質問の意味が分からない時は、摑まっている健介の腕に力を込めて、そっと見上げる。そうすれば彼がフォローしてくれた。

『何があっても背中はしゃんと伸ばしとくんだよ。常に堂々としてりゃあそれなりにちゃんと見えるもんだ』

小春さんがかけてくれた発破にも救われていた。常に背筋を伸ばし、堂々と。どうせ中

身はただの庶民だけど、それがどうした。ちゃんと一生懸命働いて日々生きてるんだからそれで充分じゃないか。卑屈になってたまるか。

彼女が現れたのは、そんな気合いと勢いがさすがに失速しかけたパーティーの終わり頃だった。

「私にも奥様を紹介して頂けます？」

そう言って近付いてきた彼女を見た時『あ、本物の美人だ』とすんなり思ってしまう。

「真菜伽（まなか）さん……」

健介の顔が少し驚いているのに気付く。なんでそんな反応？

「大丈夫なんですか？　今日は来ないと伺っていましたが、こんな場所に出てきて」

「ええ。今日は上月さんがいらしてると聞いたから、少しだけ……」

ふんわり微笑む笑顔が由希子さんのそれと重なる。生まれながら不自由のない場所にいた人特有の、品のいい余裕をもった笑みだ。

「初めまして。上月さんの奥様ですわね？　私、沓原（くつはら）真菜伽と申します」

「失礼いたしました。妻の葵です」

健介に促され、私も会釈した。で、この美女誰？

「葵。こちらは漆原会長のお孫さんだ」

え？　あのセクハラ頑固じじぃの？

思ったことが顔に出てしまったのか、真菜伽さんは人差し指を口元に寄せてくすりと笑う。そんな仕草も優雅で上品だ。

「母が漆原の末の娘で。祖父にはそのまま母同様、猫可愛がりされてます」

わぁお。あんな嫌みじじぃにも泣き所はあるわけだ。年は私より少し下くらいだろうか。さらさらの黒髪と華奢(きゃしゃ)な肢体。身に付けたグレイ地にピンクの花柄のシルクワンピースが上品でよく似合っている。

「それで、あの……」

そう言って彼女は綺麗な紅い唇をすぼめてしまう。それを見た健介が「葵、ちょっとすまん」と言いながら、私に摑まらせていた腕をするりとほどいて彼女と二、三歩先に離れてしまった。

え？　なに？

健介は小柄な彼女にあわせて身をかがめると、耳元で何かを囁く。その途端、彼女は頰を染めて嬉しそうな顔になった。

ええ⁉

正直、女性にそんな親密な態度を取る健介を初めて見た。普段は大事な取引先の女性が同じ部屋に入ってきても一瞬顰(しか)めっ面になるのに！

彼女と話していたのはほんの数分足らず。それでも滅多に見ない健介の不機嫌さのない女性への対応と、彼女のほんのり上気した笑顔が目に焼き付いてしまった。

それだけで魔法の呪文が解けてしまう。足元が覚束なくなりそうで必死で踏ん張った。

これは仕事。私は今、健介の妻。

健介は彼女と少し話しただけですぐ戻ってきたが、私の変化に気付いたらしい。

「バカ。そんな顔するな」と小声で言われる。

そんなってどんな顔？

聞き返せないまま、私は改めて余裕の笑顔を貼り付ける。あと少し。こんなパーティー、あと少しで終わりだから。だから泣きそうな顔なんか死んでもするもんか。

気が付けば真菜伽さんの姿はパーティー会場から消えている。あんな短い時間、健介に会うためだけに現れたのだろうか。

いやいや、気にしちゃダメ。こんなところで気を散らしたら小春さんに怒られちゃう。

最後の二十分はそんな風に意地で切り抜けたから、うっかり健介の足を何度かヒールで踏んでしまったのは、まあ勘弁して欲しい。

待っていた塚田さんの車に送られ、マンションに帰り着いた途端気が抜けた。
「うぎゃ〜〜〜〜〜〜〜〜！」

つい叫んでしまったのは、一気に重圧から解き放たれたからだ。

「あー、よく頑張ったな。葵にしては上出来だった」

「上出来？　冗談でしょ？　この上なく最上の出来だったと思うけど？」

「あー、よくやった。偉かった」

健介も疲れているのか、返事がおざなりになっている。いいけど。

とりあえずさっさとドレスを脱ごうと自分の部屋に入り、背中のファスナーを下ろそうとしたら、途中で動かなくなった。急いで脱ごうとするあまり、どうやらレース地を噛んでしまったらしい。

「うわ、どうしよう……」

何度か上下に引っ張ってみたが、布を一緒に引っ張るだけだ。これ以上無理矢理引っ張ってレースを痛めるのも怖い。なにせ私の月給以上のお高いドレスなのだ。自分で払ったわけではないが、壊したくはない。

「う～～～」

悩むこと数秒、しかし背に腹は代えられない。仕方なく健介のもとに向かう。

「あの、健介……？」

やはり着替えるために健介が入っていった主寝室の、ドアをノックして声をかけた。彼の返事が聞こえて、部屋の中を覗き込む。よし、まだ脱いでないな。

「ん？　どうした？」

「ごめん、その……ドレスのファスナーが噛んじゃったらしくて……」

「ああ……」

ネクタイを外し、ワイシャツのボタンに手をかけていた彼は、私の言わんとしていることに気付いて「見せてみろ」と部屋に招き入れた。

恥ずかしいのを堪えて彼に背中を向ける。

「これか……」

健介の指先が背中に触れそうになり、緊張が走る。私は背中を向けていることにひたすら感謝した。きっと顔は真っ赤になっている。健介の指先は案外器用に噛んでいたファスナーからレース生地を救い出した。

「これでいいぞ」

「あ、ありがと」

そっと振り返って彼の顔を見上げると、なぜか健介の頰も紅くなっていた。なんで?

「健介?」

彼の様子がおかしいのに気付き、じっと顔を覗き込んだ。

「どうしたの?」

「……そんな顔、するな」

私の視線を避け、押し殺した声で呟く。

「そんな顔って……」

私はどんな顔をしてる？　彼にそんな困った表情をさせる顔って……。

「そんな……女みたいな顔」

「！　それは！　しょうがないじゃん、女なんだから！」

「そういう意味じゃなくて！」

何を怒鳴り合ってるんだろう。お互い中途半端に脱ぎかけの格好で。でも心の隅で小さな期待がさざめき始める。健介の手が私の肩を掴んで引き寄せた。

「同意を得ないと契約違反になる。嫌ならそう言え」

「え」

聞き返す間もなく唇が重ねられた。彼の薄い唇が私のそれを覆い、強く吸い付いてくる。それだけでぞわぞわと背中が粟立つ気がした。何度も食らいつくように食まれて、思わず唇を開くと、待っていたように尖らせた舌が入り込んでくる。獰猛な彼の舌が私の口の中で暴れ、舌に絡みついて執拗に責め立てられた。

「ん――っ、くふっ、……ん！　んん……っ」

息苦しさに逃れようとするが、健介の腕ががっちり私をホールドして逃げられなかった。なんで？　どうして急に？　そう思うのに、私の中の女の部分が歓んでいる。もっと私を食べて――。

ちゅく、と濡れた音を立てて唇が離れた時には、二人ともハアハアと肩で息をしていた。健介の目元が紅い。なんとも言えず色っぽい。それを見ただけで私のお腹の奥がずくんと疼く気がした。

酔ってるの？　それとも疲れてしたくなった？

「嫌ならこのまま出て行って寝室に鍵かけて寝ろ」

必死に堪えるような声で言いながら、私の肩を押さえていた手の平から少しだけ力が抜けるのを感じた。

でもとっくに私の体にも火が付いていた。

「……いいよ。しても」

自分でも信じられないくらい、掠れて低い声が出る。

これはチャンスだ。

もし急に性欲が滾ってしまったのだとしても。たまたま目の前にいるのが私だけだったからだとしても。他の女性で処理されるなんて絶対嫌だ。例えばパーティー会場で会ったあの女性とか。彼女の姿が浮かんだ途端、醜い闘争心がむき出しになる。

だって、仮とは言え今は私が妻なんだし。

「それに……一回くらいしといた方が……もっと夫婦らしく振る舞えると思うし」

恥ずかしさと疚しさを誤魔化すためにそう言ったら、彼の目が益々凶暴になる。

「そう、か」

そう言い捨てると、健介は私を抱き上げてベッドに放り投げた。

「ちょ、あまり乱暴なのは……」

勘弁、と言う前に押し倒されて再びキスされる。

「ん、んん……っ、んむ、…………ふ」

散々口の中を犯した後、健介は唇についた唾液を指で拭いながら「葵、舌出せ」と囁いた。言われるままおずおずと口を開けて舌を出すと、今度は彼の口の中に引きずり込まれ、歯で甘噛みされる。はぐはぐと噛まれた後、舌で拭うように舐められた。舌全体がビリビリと痺れる感覚に襲われる。触れ合っていた唇が、唾液でもったりと腫れぼったくなっていた。

「ん、健介ぇ……っ」

泣きそうな声を出すと、「気持ちいいか?」と聞かれ、小さく頷いてしまう。気持ちいい。堪らなく、いい。

健介は満足したように今度は耳を舐め始める。れろれろと舐めた後、耳朶を優しく噛まれ、耳の穴に舌を差し込まれた。粘膜の感触とぴちゃぴちゃと濡れた音が、鼓膜を通して脳を刺激する。

「や、だめぇ、それ……っ」

思考が蕩けて何も考えられなくなりそうだった。

「何人もの男達が、物欲しそうにお前を見ていた」

「え?　知らない、そんなの……」

健介の隣に立って、彼の妻らしく堂々と振る舞うことに精一杯で、周りを見る余裕なんて全くなかった。

「全員、ぶん殴ってやりたくなったよ」

「嘘、そんな……、ぁんっ」

　大きな手がドレス越しに胸を揉み始めた。

「このドレス、胸元が透けてるから谷間が丸見えだろ」

「丸見えってほどじゃ……ひゃ、ない……んんっ！」

　ドレス越しに先端を指先で押しつぶされて、甘い声が上がってしまう。実際、濃い色の組み合わせだから、胸の谷間が見えていたとしたら、腕を組んでいた健介くらいだろう。と言うか、健介からはずっと見えていたのか。そう思うと恥ずかしくて堪らなくなった。今みたいにぐちゃぐちゃに揉みしだきたくて仕方なかった？

「体、浮かせろ」

　私の腕を首に巻き付けさせて、低い声でそう言うと、彼はベッドとの隙間に手を入れて背中のファスナーをおろし、ドレスを脱がせ始めた。

　このドレスはビスチェとボーンが入っているインナーの一体型だったから、中には何も付けていない。腕から袖を抜いてドレスを脱がされると、私の上半身は一糸まとわぬ姿になる。

「ここ、ビンビンに固くなってる」

　そう言って胸の先っぽを指先で弾かれる。顔が熱くて堪らなかった。

「だ、だって、さっき健介が弄ったから！」

そう言い訳したが、本当は最初のキスで疼いていた。

「ははっ」

健介は嬉しそうな笑い声を上げると、紅く凝った乳首を口に含んで吸い始めた。

「ひゃっ、あ、やぁあん……っ」

じゅるじゅるといやらしい音を立てて吸い上げられると、それだけでおかしくなってしまう。もう一方の胸は優しく揉みしだかれ、先端を避けて愛撫されていた。気持ちよさともどかしさで、淫らな熱が子宮にとぐろを巻いていく。

「や、そんな風にしちゃ、ぁあああんっ」

「すっごいエロい顔。葵のくせにそんな顔ができたなんてな」

しみじみ言われて、反論したいけど快楽に溶かされて脳がうまく動かない。

「や、だって……ふぁんっ、はあ……っ」

散々焦らした後、健介はもう一方の乳首も舌と唇で責め始める。今度はもう一方の乳首も指先で弄りながらだ。

「ぁあん、は、ダメ、あぁああ……」

一通り吸ったり舐めたり舌で転がしたりして乳首を弄ぶと、彼は私の唇にちゅ、と口付ける。

「あまりうるさいと塞ぐけど？」

「ふぇ……?」

既に脳が蕩けている私に、健介は両方の胸を両手でぐちゃぐちゃにしながら、何度も舌を絡めるキスを繰り返した。息をすることも喘ぐこともまともにできず、私の体は力を失ってしまう。

ぐったりしてしまった私の上から、健介は上半身を起こすと、ショーツとガーターベルトで留められた黒いストッキングだけ身に付けていた私の膝を割って持ち上げる。

彼は少し嬉しそうに微笑むと、湿って恥部に貼り付いていた薄いショーツの上から、指で割れ目を擦り始めた。

「や、だめぇ……っ」

慌てて膝を閉じようとするがもう遅い。

「そうだよな。こんなに濡れてたら布越しじゃダメだよな?」

少し意地悪な笑みで、健介はクロッチ部分を横にずらし、直接濡れた花弁に指を沈める。

「ひゃうっ」

「あー、すごいな……」

感激したような声に、頬が更に熱くなる。

言われなくてもそこがびしょ濡れなのは分かっていた。あれだけキスと胸への愛撫で快楽を刺激され、濡れないはずがない。たぶん、ショーツを脱げば滴るほど溢れてるんじゃないだろうか。

「あ、ダメっ、や、ぁあんっ」

健介の太い指が、ぬかるみの中を自由に泳ぎ回り、私の体を翻弄する。

「くそっ、そんなやらしい声出しやがって……っ」

「や、だって……とまんない……ぁんっ！」

彼の指使いは荒々しくも繊細で、両手で口を押さえても喘ぎ声は止まらなかった。

「俺にどうして欲しい？　言ってみろ」

「え……？」

健介にして欲しいこと？　問われて咄嗟に思い浮かぶ。これ、本当に言ってもいいのかな。でも……。

恥ずかしさより欲望が勝って声に出てしまった。

「……ね、あれ言って？」

「あれ？」

健介は怪訝そうに眉を上げる。

「『お前が一番綺麗だ』って」

パーティーの時、私を無敵にした魔法の言葉。健介にしか使えない最強呪文。

呆れられるかなと思って彼をそっと盗み見たら、今まで見たことのない優しい笑顔が滲んでいて、胸が締め付けられた。

「葵が一番綺麗だ」

低い声。全社員に恐れられる強面の健介。そんな彼がこんな優しい顔をするなんて、誰が想像できるだろう。私しか知らない特別な表情。そう思ったらじわじわ涙が湧いてくる。

「バ、バカ！　泣くことないだろう！」

「泣いてないし！　汗だから！」

ついそう言い返してしまうのは、どこかまだ喧嘩友達だからで。だけど私の太股に固いものが当たって、ぎょっとする。下着の中で、彼の分身は大きく変化を遂げていた。

私の視線に気付くと、健介は躊躇いもせずそれを自ら取りだして私の濡れた場所に当てる。そして先っぽで花弁の谷間を擦り始めた。

「あ――」

ぐちょぐちょと淫靡な音がする。互いの性液が混じり合う音だ。擦りつけられるペニスがたまにクリトリスに当たり、その度に腰がビクビクと跳ねてしまった。恥ずかしい。気持ちいい。触れるだけでこんなに気持ちいいなんて。

「やっぱ邪魔だな」

そう言うと、健介は穿きっぱなしだったショーツをするりと足から引き抜いた。これでもう、身に着けているのは黒いガーターベルトとストッキングだけだ。ある意味全裸よりエロいかもしれない。

「挿れたい。挿れていいか？」

少し切なげな声に、思わずこくんと頷いてしまう。今、こんなところでやめられたら絶対眠れなくなる。同意を得た途端、彼はベッド脇のチェストから避妊具を取り出すと、恐るべき早さで身に着けた。

「いくぞ」

押し殺した声に緊張と期待が高まる。

ずちゅり、と音を立てて彼が入ってきた。その肉塊が与える圧に、私は強く目を閉じる。

「バカ、力を入れるな！　保たなくなる」

「そ……なこと言ったって……」

彼の剛直は大きく、蜜洞は濡れていたとはいえ、簡単に受け入れるほどの経験値が私にはなかった。

「……くっ」

食いしばった歯の間から息を漏らすと、彼の指は花弁の上部に隠れていたクリトリスを弄り出す。

「あ、や、それダメぇ……っ」

新たな快楽の刺激に、瞼の裏がチカチカする。と同時に、腰を浮かせてしまった弾みで、めりめりと私の隘路を健介が深く突き進んでいった。みちみちと彼で埋め尽くされる感覚。思わず背中に抱きつくと、厚い胸筋に胸を押しつぶされた。乳首同士が擦れ合う。一番深い場所まで欲しくなって、私は自ら脚を彼の腰に巻き付けていた。

「葵、葵――」

私の名を呼びながら、健介はどこまでも突き進み、一番奥へと辿り着く。ずっと好きだった彼とひとつになったことに私は呆然としていた。目を閉じて、ただひたすら彼の感触に酔う。

「動くぞ」

「ん、あ――、あぁぁんっ」

膣の内壁を擦る摩擦熱に、私の声がどこまでも高くなる。健介のがこんなに大きいなんて、思ってもみなかった。引き攣れて少し痛い。

「だめ、こんなおっきいの、むり……ぃっ」

いやいやと頭を振ったが、当然止まるわけもなかった。激しく腰を打ち付けられ、彼自身が私の一番奥に当たり、その度に私の体がびくびく跳ねる。こんな風に奥で感じるなんて初めてだった。体の奥にあった熱は体中を駆け巡り、ざわざわと何かがせり上がってくる。怖い。

「も、だめぇ……っ」

子宮が大きく震え、膣が彼を締め付ける。健介も強く打ち付けると同時に射精した。彼の熱い飛沫の感触を感じ、私のそこはびくびく震え続ける。

薄い皮膜越しにどろどろに溶け合った私たちは、急速に力を失ってベッドに倒れ伏していた。

◇

朝、目覚めたら体のあちこちが痛かった。筋肉痛？　ひたすら快楽を求めてバカみたいに動いたからだ。

隣で健介がすやすやと寝息を立てていた。

うん、私より運動量多かったもんね。

そっとベッドを抜け出すと、バスルームに駆け込んでシャワーを浴びる。浴室の壁面鏡に映った体を見ると、あちこちに紅い痕が残っていた。激しい一回目の後、少ししてからまた始まり、体中に口付けられたのだ。そしてそのまま寝落ちた。

かなり疲れていたはずなのに、七時前に目が覚めたのは普段の早起き習慣のせいか。現場入りする日などはどうしても朝が早くなるから、いつも目覚ましは六時半にセットしている。

それとも……健介とのえっちが気持ちよすぎて、目覚めが爽快だったとか？　うぎゃー。

思い出すと恥ずかしくて死にそうになる。

脚の間にまだ健介の感触が残っている気がして、必死にシャワーで洗い流した。

あれは………たぶんはずみ、みたいなものだった。だよね？

たまたま劣情を催し、気持ちが盛り上がり、互いで解消した。

――みたいな？

一応、夫婦だし。

合意の下だし。

そう何度も言い聞かせるのに、耳の奥には健介の甘い囁きがこびりついている。

正直に言えば、凄く気持ちよかったしめちゃめちゃ嬉しかった。

だって好きだったんだもん。

たとえ健介が私のことを好きじゃなくても。

たまたま弾みでヤりたくなっただけだとしても。

そんなモヤモヤを抱えながらずっとシャワーを浴びていたら、こんこんと扉をノックする音がする。

「おい。ずっと入ってるけど大丈夫か？」

「あ、うん！　健介も入るよね。すぐ出るから！」

「いや、無事ならいい」

焦って返事をしたら安堵したような声が返ってきたけど、急いで泡を流してバスルームを出る。

「ごめん！　綺麗に流したから入ってきていいよ？」

頭を拭きながらリビングに行くと、健介は読んでいたらしいタブレットに表示されたネットの経済ニュースから目を上げてちらりとこちらを見る。

「な、なに？」

「いや。……体の方は大丈夫か？」

「だ、大丈夫」

本当はあちこち痛いけど。普通のふりができないほどではない。

「そうか。じゃあ俺もちょっとシャワー浴びてくるわ」

「わかった」

普通に笑えていただろうか。昨日の夜なんて何もなかったような顔ができただろうか。ちょっと自信がない。だってバスローブ姿だった健介の、鎖骨の辺りに紅い痕が付いていた。あれは私が付けてしまった痕だ。二回目の、私が上になった時の——。

思い出しそうになって、慌てて両頬を叩く。

だめじゃん、思い出しちゃ！

べちべち何度も叩いて気合いを入れ直してから、朝食を用意して仕事用のスーツに着替えた。襟元の詰まったスタンドカラーのシャツ。戦闘用のパンツスーツ。

今日はまだ平日だ。全部忘れて仕事に集中するのだ！

◇

そう思っていたはずだったのに。一度箍(たが)が外れたら止まらなくなった。

仕事から帰宅後、入浴と夕食を済ませて寝ようとしたら、私より遅く帰ってきてシャワーを浴びた健介に呼び止められる。

「俺の部屋で寝るか？」

え⁉

「なんで？」

平静なふりをして聞き返す。けれど体中がざわついている。皮膚のすべてが彼の方に向いているようだった。健介は相変わらずのポーカーフェイスで真意が読めない。

「嫌か？」

嫌かって……！　なんでそんな真面目な目で見るかなあ！　いや鉄面皮がデフォルトって知ってるけど！　心臓が耳の奥、最大ボリュームで鳴っている。

「えーと、……」

迷うふりをしても答えはとっくに出ている。昨日の快楽が全身を支配していた。

「別に、いいけど」

そっけない言い方になってしまったのは、自分の欲望を見透かされそうで恥ずかしかったからだ。熱くなる頬を隠すように顔を逸らす。

「じゃあ来いよ」

健介はソファから立ち上がって右手を差しだした。

「うん」

私は催眠術にでもかかったようにふらふらと差しだされた手を握って、彼の寝室へと吸い込まれていった。

薄暗い部屋に入った途端、健介は私を抱き寄せてこめかみにキスを落とす。

それだけで血の流れが速くなる。

そのまま耳に口付けられ、頬を唇が滑り、思わず漏れてしまった甘い吐息を塞がれた。

唇同士が触れ合った途端、一気にスイッチが入る。私の手は彼の首に巻き付いた。

何度も顔を斜めに合わせ、絡み合う舌が深くなる。もっと、もっと――。

健介の手も私の背中に回っていた。胸から下が密着する。

乳房が健介の胸板で押しつぶされ、パジャマ越しに擦れ合うのが気持ちいい。思わず右足を彼の脚の間にいれ、腰を押し付けていた。

キスしたまま、健介の喉の奥がくっと鳴る。太股に当たる彼のモノがむくりと固く立ち上がるのがわかった。

健介が私に欲情している。その事実がどこまでも官能を煽り立てる。

貪るようなキスが一旦止むと、ベッドの上に投げ出された。

仰向けに倒れた私の上に、健介が覆い被さる。そのままパジャマをタンクトップごと裾から捲(めく)られ、胸を剝き出しにされた。

飢えた獣のように、健介の口が私の胸を食み始める。もう一方の胸も右手でもみくちゃにされていた。

「んっ、……ぁ、ぁあんっ、……あ……あぁ…はぁあん……っ」

激しい愛撫に、声が止まらなくなる。

パジャマの下はショートパンツだったから、左手が太股を撫で回している。外側を柔らかく撫でていたかと思うと、今度は内側に周り、私の右膝を立てて抱きかかえた。その途端、じわりと脚の間に愛液が滲み出る。健介の唇が、胸から臍の辺りに下りてきた。下腹部を唇でなぞられて、その内側がぞくりとさざめく。

「あ、健介――」

名前を呼ばれてちらりと顔を上げると、私の顔を見てにやりと笑った。

「凄い、エロい顔だな」

「や、だって……」

私のお腹にされていたキスは、今度は抱きかかえられている太股に移る。ちゅ、ちゅ、とわざと響く音を立てて、彼は太股の表面をなぞっていった。

不意に、脚の付け根に近い部分をじゅっと強く吸われる。

「ひゃ……っ」

少し痛いくらいの感触に、瞼の裏がチカチカした。健介は構わず、少しずつその軌跡を脚の付け根へと上げていった。そうして、タオル地のショートパンツの上から付け根の中心を更に強く吸い上げた。

「ぁあああぁんっ！」

そのまま布の上から軽く歯を立てられ、尖らせた舌で割れ目を擦られる。気持ちよさともどかしさに、腰がビクビクと跳ね上がった。

「イったか……？」

目尻に涙を滲ませた私の頬を、彼の左手が優しく撫でる。

「ここが湿ってるの、俺の唾液だけじゃないよな？」

右手は今彼が舐めていた敏感な割れ目を、指でそっとなぞっていた。

「……バカぁっ」

そんなこと恥ずかしくて言えるわけがない。たとえどれだけ分かりきっていることだとしても。

「素直じゃないな」

少し意地悪な声でそう呟くと、大きな手がショーツの中に差し込まれた。

その途端、中にあった湿り気が彼の指に絡みつく。湿り気を帯びていたのは柔毛だけで、その奥は洪水のようになっていた。健介は遠慮なくその中に指を差し込む。

「こんなに感じてたのか」

彼の指に絡みつく水音と嬉しそうな声に、益々恥ずかしさが募った。

「ぐしょぐしょだな」

ショーツから引き抜いた自分の指をぺろりと舐める。

「や、そんな……」

自分の愛液を舐められたのかと思うと、いたたまれなさに目眩がした。けれどそれは序章でしかなかった。

「脱がすぞ」

端的に指示され、ぼんやりした頭で彼が脱がせやすいように腰を浮かせると、パジャマとショーツをまとめて引き抜かれる。

「……あ」

私の恥部が健介の目の前に晒されていた。隠そうにも両膝の間に体を置かれてままならない。健介はおもむろに私の脚を大きく開くと、自分の顔を近付けてきた。

やだ、まさか――。

「健介、ダメ……っ」

抗おうとしたが無駄だった。柔らかく濡れた粘膜が、蜜の溢れたそこに沈められる。

ぴちゃと音を立てて、健介は私の秘所を舐め始めた。

「ぁあ、あ、ダメ、や、そんな……」

イヤイヤする子供のように頭を左右に振ったが、下半身はがっしり押さえ付けられていて身じろぎできない。濡れた花弁の中に彼の尖った舌が潜りこみ、じゅるじゅると音を立てて舐め上げていく。そこを舐められるなんて初めてだ。信じられないほどの快感がざわざわと体中に広がっていった。感じすぎて怖い。

「だめ、だってばぁ……っ」

息も絶え絶えにそう訴えるが、その声は彼の動きを一層残酷にしただけだった。

「昨日は……いきなり挿れちまったからな……」

恥部を擽るように笑いながら、彼は丹念にそこを舐め上げていく。それだけでむずむずと脚の間は蠢き、何かがせり上がってくる衝動に必死に耐えようとする。

「さっき軽くイったんだろ？　またイきたくなったらイけばいい」

健介は悠然とそう言うと、顔を離して愛液を溢れさせる蜜口に指を差し込む。

「ふぁあ…………っ」

疼いていた隘路に直接的な刺激が来て、思い切り腰を跳ね上げてしまった。まるで彼にそこを押し付けるように。

健介は躊躇いもせず、花弁の中に隠れていた淫粒をじゅっと吸った。

「はぁあああぁあぁあああ…………っ」

尾を引くような長い嬌声を上げて、私は再びイかされてしまう。さっきよりずっと強烈な快感に、がくがくと膝が震えてしまった。

「お前、感じやすすぎ」

意識の遠くにそんな声が聞こえたが、意味が上手く摑めないまま細かい痙攣を繰り返す。頭の中がふわふわと揺蕩っている。

「でも、まだ足りてないよな？」

「え——」

ぐったりした体で、何とか閉じていた目を開けると、健介が立ち上がっている肉棒に避妊具を被せているところだった。

あ、健介の——。

改めてみるとやはり大きい気がする。そんなに多く見たわけではないから確信はないけど。

あんな大きなものが自分の中に収まるなんて信じられないと思う一方で、絶対的な存在感が体の奥に蘇っていた。

考えただけで子宮の奥が再び疼き出す。まるでそれを待ちわびていたように、再び脚の間を蜜が流れ始める。

「俺が欲しいか……？」

あやすような、けれど獰猛さを秘めた甘い声。もう何も考えられなくなる。

「うん、欲し……」

「お前のここに？」

固くなったそれを蜜口に押し付けられる。そうして表面を緩く擦られた。気持ちいい。

でもそれだけじゃ足りない。

「欲しい、お願い、挿れて——」

情けないけれど懇願する声が出てしまった。昨夜の痛みはまだ記憶に残っている。でもそれ以上に、抗い難い圧倒的な欲望で健介とひとつになりたかった。

「いい子だ」

健介は会心の笑みを浮かべると、私の腰を浮かせて彼自身を挿れやすい角度に調整する。そして私の入り口に勃ち上がった先端をピタリと合わせると、腰を引き付けて一気に押し込む。

「はぁあ……っ」

放り出された爪先が一気に反り返る。

「はは、一気に挿入った」

彼の一部は私の中を余すところなく埋め尽くす。

「あ、も、ダメ……」

「まだだ」

「ん、だ……って……さっきもイっちゃったのに、あぁあっ」

勢いよく引き抜かれ、ギリギリの場所からまた押し込まれる。その度にイくことに敏感になっている私の体は、きゅうきゅうと彼を締め付けてしまう。

「すご、絡みついてくる……」

歯を食いしばった掠れた声に、体は益々反応して彼を離すまいと締め付けた。ますます私のナカが熱く蕩けてしまう。

「葵、お前、ヤバすぎるだろう……」

「ちが、わざとじゃ……はぁあんっ」

ない、と言おうとしたけど、更に打ち込まれて言葉にならない。健介は何度も蜜路を行き来し、私を狂わせた。

「健介、健介……、ぁ、やぁ……ぁあああんっ」

「葵、大丈夫だ、葵……んくっ」

私の中で暴れ回る肉塊が、更に硬度と大きさを増し、絶頂が近いことを知らせる。私も限界が近かった。

「きて、お願い……っ」

「葵…………っ」

私の名を呼びながら、健介は一気に精を解き放つ。その勢いが皮膜越しにも感じられて、私もピークを迎える。落ちてくる彼の体を抱き締めると、汗ばんだ彼の胸に自分の頭を擦り付けた。けだるげな手が、私の頭を撫でてくれる。その心地よさにうっとりしながら、私の意識は薄れていった。

二度あることは三度ある。その日から、私は健介のベッドで眠るようになった。毎晩、信じられないほど汗だくになって。

4．鬼（夫）の惑乱と鬼（妻）の撹乱

（何やってんだ俺は……！）

マホガニー材のデスクに肘をつき、健介は組んだ手の甲に頭を乗せて深い溜息を吐く。秘書の塚田は所用で席を外しているので、現在社長室にいるのは健介一人だった。でなければこうあからさまに落ち込んだ様相は呈さない。そんな姿を社員には決して見せないことが、若い社長である健介の矜持だった。

しかし一人でいると自分の失態に頭を掻きむしりたくなる。実際それを失態と呼んでいいかどうかは良く分からないが。

妻、葵。旧姓鏑木葵。健介を相手に一歩も引かない度胸と単純細胞の持ち主。成り行きに迫られて仕方なく結婚したものの、恋愛感情は一切なかった。なかったはずだ。

ただ、葵なら一緒に暮らしても精神的な負担は少ないだろうと判断しただけだった。重役連中もこの際、彼女でいいと推してきたし。というか、この際性別が女性であるなら誰でもいいくらいの勢いではあったのだが。

そんな結婚だから、夫婦生活（セックス）はないだろうと思っていた。一応式の後に確かめたらノーと言われたので、やはりそうだよな、と納得する。別にどうしてもしたいほどのことではなかったし、葵もそうなんだろうと勝手に思っていた。

それこそ十代後半から二十代前半にかけてはそれなりに性欲もあったので、可能な範囲で解消していたが、二十代も後半になると社長に就任した忙しさや様々なプレッシャーもあってそれどころではなかった。実際、無理に性行為をするほどでもないと思う程度には。

だと言うのに。

男勝りで思ったことはすぐに口に出す、けれど根には持たないサバサバ系の葵が、一緒に暮らし始めてから不意に見せるようになった『女』の顔は、絶妙に健介を刺激した。本人の自覚がないから余計厄介である。

こんな奴だったろうか。考えれば考えるほど混乱しそうになるから、敢えて考えないようにしていた。

そもそもずっと気の置けない友人か、弟のようなものだと思っていたのだ。一人っ子だったせいもあるのかもしれない。幼い頃は兄弟が欲しかった。今にして思えば母親と祖母の過干渉を分散させたかっただけかもしれないが、気の合う弟がいればこんな感じだろうかと思えるほど、裏表のない葵はかなり付き合いやすい相手だった。

――はずなのに。

（葵が泣きじゃくった後、うっかりキスしちまった時もヤバいと思ったのに、とうとう最後までしちまったし……）

鶴澤開発のパーティーのために、母親達に立ち居振る舞いを特訓され、オーダーメイドのドレスを着た葵はなかなか綺麗だった。馬子にも衣装と軽口を叩きかけ、喉元で押し戻す。

必死で取り繕っていたが、コートを脱いだ肩先が震えていたのだ。

だから、自信を付けさせるために褒めた。

『お前が一番綺麗だ』

しかしその効果は健介の予想を遥かに超えていた。肌はほんのり赤みを帯び、肢体はすんなり伸び、健介の腕に置かれた手はしなやかに軽い。上気した首筋からは、上品な香水の香りが立っていた。チラリと彼女の方に目をやると、透けたレースの向こうに深い胸の谷間が見える。そう言えば、結婚式翌日にうっかり見てしまった葵の胸は、想像以上に大きかった。そもそも想像したこともなかったのだが。なるほどあの胸なら谷間ができるのも頷ける。視覚と嗅覚と触覚と。様々な感覚がじわじわと健介を刺激し続けた。

その結果が帰宅後の夜だ。誘えば応えると、分かっていた気がする。案の定、葵は抗わなかった。寧ろ流されまいとしながらも目が欲情していたギャップにグッときた。

久しぶりに女体にサカった。いや、あんな風に狂ったのは初めてかもしれない。

ドレスを脱がしてしまえば、葵の体は想像以上にしなやかで、滲む汗と欲情する顔が健介を煽り立てた。突き立てた胎内は滾った彼を絶妙な強さで締め付ける。少しきついくらいのそこは、彼を離すまいと絡みつくようだった。

総じて、理性を無くした自覚はある。

翌朝、葵は無理にいつも通りにしているのが見え見えだった。だからこそ健介も敢えて何もなかったふりをしようとした。が、夜になれば記憶は蘇る。激しい煩悩に突き動かされ、彼女を自分の寝室に誘う。彼女もかなり感じていたから、誘えば応えるだろう。そう踏んで。

実際誘った時の彼女の反応は顕著だった。恐らく本人の自覚以上に。

あとは溺れるだけだ。互いの肌に溺れ、声に煽られ、どこまでも快楽を求めて堕ちていく。信じられないほど気持ちよかった。それからは当然のように毎晩求め合っている。

（バカか！　盛りの付いた学生（ガキ）か、俺は！）

そう思うが、なぜか止まらなかった。愚かしいにもほどがある。

それでも仕事中は一切おくびにも出していないはずだ。

一流企業の看板を背負う社長（トップ）として、周囲に舐められまいと知略と強面を駆使してきた。ポーカーフェイスは日常茶飯事だ。それがこんな風に役立つとは思わなかったが。

（葵のことが好きなんだろうか……）

改めて自問する。

もちろん嫌いではない。だからこそ偽装結婚に同意したのだ。けれど女として好きかと聞かれたら、即答する自信はない。我ながら情けないとは思うが。

その時かちゃりとドアが開く音がしたので、慌てて机の上にあったタブレットに目を落とした。今日の平均株価はどうだったか——。

「社長、お待たせしました——」

秘書の塚田が一人の女性を伴って現れる。

「今日から総務の資材管理課で働いて貰う沓原さんです」

「あ、ああ……」

塚田の背後から、先日パーティーで会ったばかりの沓原真菜伽が現れる。楚々とした物腰は生まれながらにしてそうあるべき教育を受けた者の仕草だった。上品で隙がない。

「このたびは無理を言って申し訳ありません」

真菜伽はそう言って深く頭を下げる。一瞬、条件反射で眉間に皺が寄りそうになるのを必死で堪えた。真菜伽は確かに生まれてからなにひとつ不自由な思いをせずにすむ環境で育った女性だが、それでも母親の由希子とは違う。

そして今回、上月に就職するに至る理由も特殊だった。

「——いえ。貴女の問題が解決することで我が社にもメリットが生まれます」

健介が言うと、塚田が軽く咳払いを落とす。言い方がデリカシーに欠けるという警告だ。真菜伽は気にしているのかいないのか、品のいい笑みを崩していない。

「それに私自身も多少変化の必要性を感じていましたし」

言い訳のように感じながら健介は言葉を続けた。嘘ではない。まあ少しくらいは。

真菜伽は少し考えこむように小首を傾げたが、すぐにほんのりと微笑んで「分かりました」と答えた。

「それでは部署に案内します。沓原さん、こちらへ」

塚田に伴われ、真菜伽は社長室を出て行く。

タブレットを机に置き、一瞬で脳が仕事仕様に切り替わる。

彼女から「ちゃんと働きたい」と聞いた時には面食らった。こう言ってはなんだが、経済的に全く不自由のない家柄である。個人的に趣味と実益を兼ねたような、何か商売がしたいと言うのなら分かるが、それならそれで自ら事業を興せばいい。わざわざ一般企業に就職する必要はないだろう。

しかし彼女の事情を聞いてから考えが変わった。リスクがないとは言えないが、希望を叶える価値はあると判断した。

彼女なら初めから健介の個人秘書として雇うことも可能だった。働いたことがないとは言え、語学力やマナー能力など、充分にその資格はある。

しかし真菜伽自身から固辞された。たとえ隠していたとしても、いずれ鶴澤の血縁とばれることもあるだろう。しかし最初だけでも、あくまで真菜伽個人として社の一員として普通に認められたいと言うのが真菜伽の希望だった。

『青臭いことをと呆れられるでしょうが』

そう言って微笑む真菜伽の額に、今は目立たなくなっている小さな傷があるのを、健介は知ってしまった。そして今回上月建設に籍を置くことが、彼女自身のアイデンティティを取り戻す戦いであることも。

完全に扉が閉まるのを待って、健介は再び小さく溜息を吐いた。

一番の問題は、葵に真菜伽のことを告げるかどうかだ。

『私は……話しておくべきだと思いますが』

そう言った時の塚田は珍しく歯切れが悪かった。

『要らぬ誤解を生むかも知れませんし』

その可能性はあるかも知れない。しかし一方で、葵のことを信じたい気持ちもあった。葵なら周囲の噂や状況に惑わされることなく、真菜伽個人の本質を見抜くのではないか。

それよりも余計な事前情報を入れることで、葵が自ら厄介ごとに突っ込んでいきそうなのが怖かった。葵の正義感と人の好さは、時折己の安全を顧みることなく暴走する。

（まあ、しばらくは大丈夫だろう）

完全にペースが乱れている己を深く猛省しつつ、健介は決裁待ちの書類に手を伸ばした。

◇

「おい、見たか？　すっごい美人！」

「新しい総務の人だろ？　人が入るとは聞いていたけど、どう見たって庶民じゃないよな、彼女」

さわさわと駆け抜けていく噂話は、いやでも耳に飛び込んできた。

（新しい総務の人？　そう言えばベテランの人が介護で一人抜けて人手不足とは聞いていたけど……）

会社に女性社員が少ないので、その手の情報は回ってくる。凄い美人、というのがひっかかる。しかも庶民ではないだろうときたもんだ。なんだそりゃ。ふと思い浮かんだのは、先日のパーティーであった美女だ。彼女は確かに他の着飾った美女達とは違っていた。何というか、纏う空気ごと綺麗だった。のど飴を舐めながら物思いに耽る。

最近、喉が掠れて痛いのは風邪気味だと、周囲の同僚には伝え済みだ。その実、夜に喘ぎすぎているせいなのだが、職場でとてもそんなことは言えない。

幸い入籍直後ではないことと、結婚相手があの社長だと言うことで下品な冗談を言うような輩は皆無だ。これだけは健介の強面が有り難い。

そんなことをつらつら考えながら机の中を探っていたら、名刺が残り少なくなっているのに気付いた。

業務上は旧姓を通しているので、結婚しても新しく作り直すことはなかった。営業部と違って名刺交換の頻度も低いので減りも遅い。つい補充を頼み忘れがちである。けれど来月には出張の予定が入っている。

なんだかんだと名刺交換の慣習も廃れていないから、仕事では切らせないアイテムだった。ので印刷を頼みに総務室に出向く。

総務室は広いフロアを各課ごとの島にして机を並べているので、必然的に新しい事務の人も覗くことができる。そんな下心は隠すけど。

「……え？」

と思ったら、資材管理課の末席に、さっき考えていた相手がいて驚いた。とは言えわざと目立たないようにしているのか、化粧も薄く、制服の地味さもあってパーティーの時よりまぶしさは抑えられている。――が。

目を瞠る私を見つけ、彼女、真菜伽さんは少し困った顔をして小さく人差し指を口元に当てた。

あ――……、はい。出自は内緒だと言うことか。

「あれえ？　鏑木さんも噂の美女を見に来たの？」

頭部が薄くなりつつある丸顔の総務部長が、いつものニコニコ顔で声をかけてくる。

「いえそういうわけじゃ。その、名刺が残り少なくなったので」

「ああ、名刺ね。じゃあここに名前と部署を入力して」

「はい」

言われるまま渡されたタブレットに詳細を打ち込む。

「あと鏑木さんにも紹介しておくね。先月退社した安藤さんの代わりに来てくれた沓原さん。なんか社長秘書の塚田さんの紹介なんだって」

そういうことになってるのか。確かに健介の紹介だと周囲も気を遣って大変だろう。

「設計の鏑木です。よろしくお願いします」

「沓原です。よろしくお願いします」

なるほど。確かに彼女なら噂が立つのも頷ける。流れるような所作は水槽の中を泳ぐ金魚のように優雅である。清楚な雰囲気を持つ美人だ。彼女が歩けば空気がさざ波を立てるだろう。

だとしても漆原会長の孫娘だよね？

なんか訳ありな匂いがぷんぷんするけれども。しかしその場で何か聞くわけにもいかないしなと、とりあえずはその場をあとにした。

◇

数日後、遅めの昼休み時間、人もまばらになったランチルームの片隅で小さなお弁当箱を前にした真菜伽さんを見つけて、思わず声をかける。

「良かったらここ、座ってもいいですか？」

一人、お弁当を前にした彼女が、どこか心細そうな顔に見えたのだ。

「鏑木さん……、どうぞ」

真菜伽さんは向かいの空いている席を示して微笑んだ。

椅子に腰掛けて自分の包んできた弁当を出すものの、それじゃあ話の糸口は、と思うが何も浮かばない。私のバカ。まずそれを考えてから話しかけようよ！

だけどそんな私の心を読んだのか、彼女はおっとりとした笑みを浮かべて唇を開く。

「この間は、ありがとうございいました」

「え？」

「黙ってて下さったでしょう？　私の祖父のこととか」

「あ、ええ、それはなんとなく――」

「知ってるのは上月社長と秘書の塚田さんだけなんです」

「そうなんですか」

まあ、言えないよね。どんな理由があるかは知らないけれど、親会社同然の会長の孫娘が同僚や部下になったなんて知ったら、皆どれだけ緊張して気を遣うか想像もできない。

「本当は……上月社長にも迷惑をかけたくなかったんですけど、勤め先を探していて、でもなかなか見つからなくて。あの方が見かねて助けてくださったんです。有難くて、どんなに感謝してもしきれません」

あの方。って健介のことか。

「それなら良かったです。あの、うちの社長、あれで根はいい奴なんで」

私がそう言うと、真菜伽さんはきょとんと目を瞠（みは）り、小さく噴き出す。

「あの、何かおかしかったですか?」

「だって、あの上月社長を『奴』呼ばわりする方を初めてみました」

「あ。すみません、つい」

普段そんな感じなもので。

「さすが、奥様になられただけありますね」

「はあ……」

彼女の笑顔は朗らかで、その言葉が嫌みではないと知れる。

「あの、け……その上月とは昔からの知り合いなんですか?」

パーティー会場で会った時、なんとなく親密な雰囲気があった。ただの知り合いに、しかも大の苦手を宣言してやまない女性相手に、耳打ちをするなんて信じられないくらいだ。あの時感じたもやっとしたものはこの際横に置いておくとして。

「そうですね。祖父同士が旧知の仲なので、年始や折々のパーティーでお見かけするくらいには」

「ああ……」

あんなパーティーが少なからずあるわけだ。それはそれでちょっと気が重たくなる。

「もっとも私は大学を出たらすぐ結婚してしまったので、それ以来になりますけど」

「え⁉」

思わず大きな声が出た。

「結婚なさってるんですか？」

「あの、上月さんから何もお聞きになってらっしゃらないですか？」

真菜伽さんの形のいい細い眉が、困ったように少し八の字になる。

「ええ、その、何も」

健介からは何も聞いていなかった。彼女に関して聞いたことと言えば鶴澤開発の会長の孫だというくらいだ。

「在学中にお見合いの席を設けられまして。良い御縁だと思ったので卒業してすぐ入籍したんです。でも……」

「でも？」

彼女の笑顔が奇妙に歪む。

「上手くいかなくて。最近別れちゃいました」

苦笑を浮かべながら小さく肩を竦める姿はやはり嫌みや悲壮感がなくて、可憐としか言いようがなかった。

「それはその……」

ご愁傷様？　こういう時はなんて言うんだ？

「ごめんなさい。新婚の鏑木さんにするような話ではなかったですね」

「あ、いえ。それは全然大丈夫ですけど！」

新婚って言ったってラブラブちやほやで結婚に至ったわけではないし。そもそも本当の夫婦でもない。あくまで便宜上の関係である。

「鏑木さん、優しいんですね……」

素直な声で言われて赤面しそうになった。なんでそうなるのかな。

「いえ、決してそんなことは……」

「私が心配で様子を見に来てくださったんでしょ？」

「え、いやまあ、その……」

最近は設計室に籠もってお弁当を食べる方が多かったから、そう言う部分が全くないわけではないけれど。

「あの……」

お弁当箱の中の綺麗な卵焼きを箸で切り分けながら、真菜伽さんは言い難そうに切り出す。

「はい？」

私は先を促した。

「なるべくご迷惑をかけないようにしますから、しばらくここで働かせてください」

「え？」

意味ありげに言われて面食らう。迷惑ってなにが？　あのじいさんの孫だってこと？

「迷惑も何も！　健介と結婚したと言ったって私は只の平社員ですから、人事に口を挟む権利はありませんし！」

全部本当だった。一介の平社員が社長の決定に逆らうような真似はできない。

焦って答えた私を、真菜伽さんはしばらくじっと見ていたが、ふと再び口元を緩めて少し悲しそうな笑顔で言った。

「健介さんが……貴女を選んだ理由がわかる気がします」

いや別に選ばれてない。私を選んだのは重役連中だし、健介に至っては会社のために他に選択肢がなかっただけだ。

それより不意をついて出た健介の名前呼びに、胸がピクリと反応する。そこには雇用主と一従業員より僅かに濃い親しみがあって、実際の付き合いの深度がどうだったかはともかくそれなりに古い知己なのだと知れる。

「あの、もし困ったことがあれば言ってください。たいした力にはなれないかも知れませんが、話を聞くくらいはできるので」

とりあえずそれだけを伝えた。彼女の立場がどんなものであれ、同じ会社で働くのなら、少しでも居心地がいいに越したことはない。

少なくとも良識はある人のようだし。

真菜伽さんは驚いたようにまた少しだけ目を瞠ると、嬉しそうに「ありがとうございます」とほんのり頬を染めた。

本当に、悪い人ではなさそうだ。だから今は彼女と健介の関係性とか、なぜ上月で働くことになったのかとか、その辺は聞かないでおこうと思う。もし必要があれば、そして彼女との関係がもう少し深くなり、それなりの信頼関係を築くことがあれば、話してくれることもあるだろう。

――もしくは必要があれば健介が。

それ以来、真菜伽さんとはたまにランチルームで会うと一緒にお昼を食べるようになった。彼女は大抵小さなお弁当箱に可愛らしい中身を詰めている。焼き魚とか卵焼きとかお浸しとか。自分で適当に作っているのだと言っていた。私はと言えば家政婦さんのお手製だ。元々は冷蔵庫の残り物を適当な容器に詰めていたのだが、それを知られたらお弁当用にも用意してくれるようになったのだ。たまに中身を交換する。それを見て他の数少ない女子社員も混ざるようになった。

「だから葵さんて凄いんですよ！」

嬉しそうにはしゃいだ声を出しているのは庶務課の加野(かの)ちゃんだ。

「やめてよ加野ちゃん！」

「だってあの偏屈な鳥島(からしま)課長にも食い下がってることあるし、いつだったか重機の展示会場でコンパニオンさんがセクハラされてたのを助けたって伝説もあって」

「伝説はやめて。大体あの時は帰社してからけ……じゃない、社長にも散々怒られたんだから！」

そこで真菜伽さんは少し怪訝な顔になった。

「女の人を助けていたのに怒られたんですか？」

「あ、それは――」

「ストップ！」

お喋りな加野ちゃんの口を両手で塞いだら、私の背後から近寄ってきた冷静な三木さんの声が降ってきた。偽装結婚を知っている上役の一人である。

「助けたのはともかく、現場にあったユンボを動かしたのは軽率だったわね？」

「うぎゃ！」

両手にオムライスのトレイを持っていた三木さんが同じテーブルにつく。

「攻撃する武器はせいぜい製図道具にしときなさいっていつも言ってるでしょう？」

彼女が言ってることも結構物騒だった。確かに製図道具もデバイダーや特殊カッター等、鋭利なものがあるけど。

「製図道具なんてそうそう持ち歩いていませんよ！　それにあの時はたまたま実車させて貰っている時に見つけちゃったから……」

確かにユンボのショベルを動かしたのは軽率だったと反省している。

その営業がタチの悪いセクハラをする噂は元々あった。しかし他社だから実害がなければ手出しはできない。その彼が地味めで大人しそうなコンパニオンの女性をブースの中に連れ込もうとしていたのを見つけて、ついアームレバーを動かしてしまった。

「すみませぇん、ついうっかり触っちゃってぇ」と声をかけた時の、悪評高い営業の青ざめた顔はなかなかの見物だった。腕に覚えはあるから周囲に被害は及ばないよう気を配ったつもりだけど、第三者が見たら危険以外の何ものでもないだろう。

帰社後、社長室に呼ばれて『怪我人がいなかったから良かったようなものの！』と、額に青筋を立てた健介に怒鳴られたのは苦い思い出である。

「恐縮です」

「まあ、後先考えずに動いちゃうのは鏑木の短所でもあるけど長所でもあるわよねぇ」

思い切り肩を縮こめると、話に驚いていた真菜伽さんが加野ちゃんと一緒にクスクス笑い出す。

「ね、葵さん、かっこいいでしょう？」

「加野さんも鏑木を持ち上げるのやめなさい」

はしゃぐ加野ちゃんを三木さんが諫める。

「はぁい。……でもぉ、正直社長と結婚しちゃった時は結構ショックだったなあ」

遠い目をする加野ちゃんの台詞に、私と三木さんは一瞬顔を見合わせそうになったが、意外に素直に真菜伽さんが乗っかってきた。

「分かる気がします。葵さんて、ちょっと中性的で素敵ですよね。こう、女性が多くいるところなら王子様扱いされそうな」

「そう！　そうなの！」

「やーめーてー！」

この手の冗談は女子の会話では常套句の内だと分かってるけど、それでもなにかむず痒い。本人の本質とずれたところで盛り上がられてしまうからだろうか。

「そうよ。これでも一応人妻なんだから」

三木さんが微妙なフォローを入れてくれた。『一応』がついたのは事実を知っているからか、それとも軽いジョークなのか。

「そうですよねー。しかも玉の輿！　って言うかあの社長とってのがマジびっくりだけど！」

これも事情を知らない社員の間で散々噂の種になったのでもう慣れた。

「聞いてます？　葵さん、これでうちの社長夫人なんだから！」

ずずいと圧していく加野ちゃんに、真菜伽さんは「ええ、一応」と小さく微笑んだ。

うん、知ってますよね。初対面のパーティーで挨拶したし。

「ほらほら、加野さんはそろそろ午後の始業じゃないの？」

三木さんが声をかけると、加野ちゃんは「あ、いっけない」と慌ててプレートに最後に残っていたブロッコリーを口に入れる。「私もそろそろ」と真菜伽さんもお弁当箱を袋に入れて立ち上がった。二人がランチルームから出て行くのを目で追いながら、三木さんがぽつりと呟く。

「貴女が一緒にいたおかげで、彼女も他の女子社員と馴染んだようね」

「そうですか？　それならよかった」

「ちょっと浮きそうなタイプだったから。少し浮世離れしていそうと言うか」

　さすが三木さん鋭い。本人の自覚があるかどうかは不明だけど、楚々とした美人というのは同性の中では浮きやすい。女子は本質的に群れる習性があるので、同類と認めにくいと距離をおく。それは決して悪いことばかりではないけど。

「真面目そうな人だと思います。それに……三木さんだって私が入社した頃、色々フォローしてくれたじゃないですか」

　小さな設計事務所ならともかく、中堅規模の会社であるにもかかわらず、ゼネコンであるうちの会社はとにかく女性社員が少ない。だからその分結束が強いというか、無意識にフォローし合っているようなところがあった。

「まあねえ。杞憂（きゆう）かとは思ったけど、鏑木さんみたいなタイプは貴重だったから」

「え？　そうなんですか？」

　貴重の意味が分からず、手にしていたマグボトルをテーブルに置く。お弁当を入れていた密閉容器の中身はもう空になっていた。

「設計部とは言え施工現場に明るくて、荒っぽい現場のスタッフにも慣れてる上に対人スキルも高い。そもそもあの強面社長とサシ飲みできる立場と度胸。今だから言えるけど、上からも下からも一目置かれてるわよ？」

「――恐縮です」

そうだったのか。知らなかった。

現場は元々重機オペレーターとしてアルバイトしていたから単純に慣れているというのが大きい。多少荒くれたおっさんたちが相手でも怯むことはない。健介も同様だ。社長になる前から顔見知りだから、今更怖いとも思わない。あれで結構いいとこあるし。

「……安心したわ」

三木さんが心のどこかの糸を緩めたように微笑んだのでびっくりしてしまった。

「何がですか？」

「社長とうまくいってるみたいね？」

「え」

思わず最近の夜の事を思い出し固まってしまう。え？　そういうのってばれるもの？

ヤバい。心臓が跳ね出す。

「会社のためとは言え、あまり人道的でなかったことは確かだから」

「ああ、まあそうなんですけど……一応自分でも承諾したことですから」

「……結局お人好しなのよねえ」

呆れた声を出されて苦笑する。なんだかんだ言って気にしてくれていたのだ。

「すみません」

「謝られるのも変だけど」

「そうですね」

三木さんからしたら、自分は謀略に加担した側ということなのだろう。

「それに案外社長夫人も悪くないですし」

「ん？」

片方の眉を上げて見せた三木さんに、顔を寄せてこっそり囁く。

「三食家事付きで仕事の効率上がりました。掃除も洗濯も外注です」

「うわお。それはうらやましいかも」

「でしょお？」

嘘じゃない。それだけでもないけど。でも三木さんには少し安心して欲しい気持ちもあった。

「まあ社長ともなんとか上手くやってると思います」

「……そう。ならよかった」

三木さんはそう言って少し意味ありげにほんのり笑った。

次の週から納期が近付いて忙しくなる。工期はある程度の余裕を持って組んでいるはずだが、それでもイレギュラーな事態が起こったりして後ろにずれやすい。例えば現場の天

気。資材のチェックミス。人材的なトラブル。

「そんなわけで明日から浜松の現場回りに行ってくる。下請けとかの営業所にも寄るから三日くらいかかな」


帰宅後のリビングで健介に話した。

「浜松は保養所だった施設か？」

「そう。今はやりの高齢者向け集合住宅に大々的なリニューアル」


かなり激減した保養所と反比例して、最近需要が増えているもののひとつだ。まだ体は動くけれど悠々自適に過ごしたい高齢者向けに、二十四時間コンシェルジュと看護師が常駐し、希望で食事をオーダーできたり住民向けのスポーツ施設や趣味に使えるスタジオなど様々なニーズに応える施設一体型の大型マンションである。


スポーツ施設などは元々あったものをリフォームする形になるが、住居部分であるマンションは完全な新築だった。当然ながら使われる建材資材は多岐に亘るし、間に入る業者も多いから、念を入れたはずでも小さなトラブルが頻発する。それらを調整するのも仕事のひとつだ。

「お土産何がいい？」

「別になんでも……。そうだな、地酒で辛口があれば」

「了解。じゃあ」

「ん？」

「明日早いから、今日は自分の部屋で寝るね？」

努めて平静な声を出そうとしたけど、上手くいっただろうか。最近健介の部屋でばかり寝ていたから、なんとなく断った方がいい気がしたのだけど、遠回しに今日はえっちしないと言っているみたいで気恥ずかしい。

「ああ、わかった」

健介はと言えばいつも通りの声だ。ホッとしたような、残念なような。

いやいや、残念ていうのはなし。

「じゃあおやすみなさい」

「おやすみ」

あくまで当たり前の声で、私はリビングをあとにした。

案の定、出張は多忙を極めた。仕事自体が忙しかったのも勿論あるが、夜は夜で社長と結婚した女子社員として飲み会に連れ出され、祝辞と興味本位の質問を受ける。それらを適当に躱しながら、仕事を理由に早めに切り上げて逃げる。
それでも地元の工務店や資材業者と直接話ができたのは収穫だった。全体を俯瞰（ふかん）した調整が可能になる。多くの人が係わることで少なからず生まれる軋轢を解消し、設計図を望

む形に整えていくのは有意義な仕事だった。

「いやあ、鏑木さんが来てくれて助かりましたよ。あそこの工務店、親父の腕は確かなんですがちょっと頑固な部分がありましてねえ」

ちょっとした行き違いから進行が遅れてしまった、工務店の社長との折衝の成功に、同行した支社長は明るい笑顔を見せた。基本的に下請けの人間は請負元に対して低姿勢を崩しはしないが、腕がいいのなら当然プライドは高い。

「まあその辺は本社の人間が出向いたと言うことで、多少、垣根が下がりますしね」

「いやいや、それでもあの工務店の社長の懐に踏み込む度胸はさすが鏑木さんですわ。上月社長が見込んだだけのことはある！」

声の大きさが玉に瑕の支社長に、微妙なラインで褒められるのを適当に流した。

健介が見込んだというのなら、それは伴侶としてではなく社員の一人として、と言う意味で言われたのだと思いたい。

「で、上月社長はお変わりなく？」

「おかげさまで。相変わらずの仏頂面ですが」

「鏑木さんのような嫁さんを貰ってもですか、わっはっは」

「変わりませんねえ。あはははは」

人柄としては決して悪くはないのだ。彼は私たちの結婚の真実を知らないのだし。とは言え私がへまをやって健介の名前を落とすわけにはいかなかった。

　支社長の大音声を聞き流しつつ、出張の最終日、現場監督に付き合って貰って最後の施工現場をチェックしに赴いた。工程や効率も当然ながら、現場の作業員の安全意識にも目を走らせる。工事現場によっては本社の人間が来た時だけ安全確認をしたふりをする場合もあるからだ。けれどここは大丈夫らしい。作業員の動きを見ながらそう思う。

「鏑木さんの目に適いそうですか？」

　何も言わないのに、一緒に現場を回っていた監督が面白そうに目を光らせた。

「問題はないと思います」

「そう言っていただけてホッとしました。鏑木さんはまだお若いが、現場を見る目は厳しいですし」

「恐れ入ります」

　これは素直に褒め言葉として受け取る。

　ひょろりと背の高い作業着の監督は、現場のヘルメットの下から人懐こい笑みを浮かべて見せた。人好きのする外見だが、ちゃんと指導力を備えている人の顔だった。

「それではこの辺でそろそろ……。今日はこのまま駅に向かっていいんですよね？」

「ええ。支社長への挨拶は済んでいるので、すみませんがお願いします」

　敷地内に点在する建物から、広いテニスコート用地を抜けて駐車場まで歩いた。

　ホテルは既にチェックアウト済みで、コンパクトにまとめた荷物は車の後ろに積んで貰っている。新幹線の予約チケットの時間にはまだ余裕があるが、前倒しして本社に寄れば報告書くらい書けるだろう。

　しかし先ほどまで快晴だったはずの空は、駐車場に着く前にみるみる曇りだし、雨が降り出してきてしまった。

「鏑木さん、大丈夫ですか？」

「ええ。これくらいなら。荷物にタオルもありますし」

　車内で濡れたコートを拭きつつ社用車で駅まで送って貰ったが、思いの外細かい雨が中のスーツまで染み込んでいたらしい。無事新幹線に乗り込んだものの、空調が効いているはずの車内で少し寒気がした。念のため温かい飲み物を買って体を温める。

　夕方には東京に着いたから、そのまま会社に向かった。

　後から業務報告をまとめるつもりではいたが、やはりだるい気がしたのでざっくり口頭で報告し、お土産だけ渡して文書の提出は週明けに回して貰った。新幹線の中である程度まとめてはあったが、できれば頭の中がしゃんとしてから見直したかった。

　もし健介も上がりならマンションまで車で送って貰うつもりで社長室に向かう。メッセージを打つのも億劫になっていた。少し熱があるのかもしれない。

　珍しく社長室のドアが少し開いていた。塚田さんはいないのだろうか。

「健介、良かったら帰り――」

　ノックもせずにドアを開けてしまったのは、やはり少しぼーっとしていたのかもしれない。ちゃんとノックしていたら要らぬものを見ずに済んだだろう。

社内なのにうっかり名前呼びしてしまった自分に舌打ちしたら、二つの影がさっとこちらを振り向く。社長室の真ん中では、健介が涙ぐんでいる真菜伽さんの肩を抱いていた。

「あ、ごめ……」

つい謝って、部屋を出ようとしたのは何でだろう。二人の間に、必要以上に親密な空気を感じてしまったからだろうか。

「葵、おい!」

逃げるように出てきてしまった私を、健介の声が追いかけてくる。

社長室のあるフロアの廊下の、エレベーターホールへ曲がる前で健介に腕を掴まれた。

「変な誤解をするんじゃない。あれは――」

その辺りで限界だった。

不意に膝のあたりの力が抜けて、体が沈み込む。

「葵?　おい!」

健介の声を耳の遠くに聞きながら、私は意識を失っていった。

どうやら浜松で雨に当たったのが悪かった上に、新幹線の席が入り口に近かったのがとどめを刺したらしい。停車駅に着いてドアが開閉する度に外気に触れて、寒気が増した。

普段ならそれくらいものともしない体力を誇っていたはずなのに、私にしては珍しく高熱の出る風邪をひいてしまっていた。

「目が覚めた？　よかった、熱も下がってきたみたいね」

ぼんやりと目を覚ました時、私の顔を覗き込んでそう言ってくれたのは、義理の母である由希子さんだった。

「あ、お義母さ……」

「まだ喋らなくていいわ。元々風邪気味だったんですって？　お医者様が喉がかなり腫れてるって言ってたわ。まずはお水を飲んで。ゆっくりよ？　そう……」

助け起こされてコップの水を飲んだ。掠れていた喉が潤って気持ちいい。

ってか、そうか、あの喉は喘ぎすぎだけではなかったか。てっきりそうと思っていた自分が恥ずかしい。

「うん、大丈夫そうね？　汗、拭きましょうか？　それとも自分でやる？」

周りを見回すと、マンションの健介の寝室だった。言われて気付いたが、確かに汗で体がべとべとする。

「あの、自分で着替えます」

「そう。じゃあ熱いおしぼり持ってくるわね」

ウォーマーにいくつか用意してあったらしい。由希子さんは清拭用の温かい濡れタオルを何枚か手渡してくれた。壁に掛かっている時計を見ると八時少し前。由希子さんが遊びに来るにしては遅い時間だった。

「どうしてここに……？」

「それがね、おっかしいの！」

なぜか由希子さんは突然はしゃいだ声を出す。

「あの健介がね、あの健介がよ？」

二回も言った。あの健介が？

「自分はどうしても外せない会合があるから頼むって電話してきたの！」

まるで鬼の首を取ったかのような顔に、思わず苦笑する。

「葵さん、会社で熱を出して倒れたんですって？　産業医の先生に診て貰ったらただの風邪らしいから、家で休ませてくださいって言われたんですって。でも少し抜け出して意識のないあなたをここまで運ぶのはできたけど、会合の間一人で寝かせておくのも不安だからって私に連絡が来たってわけ。あの健介から」

三回目。頼られてよほど嬉しかったらしい。

にしても健介自身がここまで私を運んでくれたなんて。申し訳なくていたたまれない。

「それは……ご迷惑をかけてすみませんでした」

「あら！　迷惑なんか。義理とは言え娘が熱を出してるんだから看病するくらい当たり前でしょう？　それにこれでも健介が熱を出した時は私がいっつも看てたんだから」

あ、そうなんだ。言われてみれば当たり前かも知れないけれど、お手伝いさんが看てたと思っていた。

「健介もあれで小さい頃は扁桃腺が弱くてねー。季節の変わり目ごとに高熱出してたのよ？」

うふふ、となぜか楽しそうに由希子さんは言った。

「私は逆に全然風邪ひとつひかない子だったから」

「そう。でも記憶にない部分であったかもしれないわね。小さい子は当たり前に熱を出すから」

そう言われると自信がなくなる。確かに記憶に残るより前には熱ぐらい出したのかも知れない。両親共働きで忙しかったのと、弟の方が良く熱を出していたから、丈夫なイメージがついていた。寧ろ自分は風邪をひいちゃいけないとさえ思っていたかも知れない。今になって思えばだけど。

「仕事の方は問題ないそうよ。今はゆっくりやすみなさい。お腹が空いているようならおかゆとかあるけど」

言われた途端にぐーっとお腹が鳴る。由希子さんはおかしそうに「今、用意してくるわね」とキッチンに向かった。

枕元の充電器に置かれたスマートフォンを見ると、メッセージが何件か。確かに仕事に関しては手配済みらしく、特に急ぎのものはなさそうだった。

最後に一件。真菜伽さんからメッセージが入っている。

『風邪と伺いました。どうぞお大事にしてください』

手短にそれだけだ。

けれどそれだけであの時の光景が蘇ってしまった。縋るような彼女の涙。細い肩に置かれた健介の手。なぜか鮮明に網膜に焼き付いている。あの時、追いかけてきた健介はなんて言ったっけ？　良く覚えていない。なんか言っただろうか？　それとも何も言わなかった？

ただ私と目が合った時の彼の表情は覚えている。長い付き合いだからあの表情の時の彼がどんな風に思っていたかも。

見られたくないものを見られた。そういう目だった。

5．不遇な美女

「健介もそろそろ帰って来るみたいだし、私もこれで失礼するわね」

スマホに届いたメッセージを読みながら、由希子さんがベッドの脇から立ち上がる。

「え？　帰っちゃうんですか？」

健介と二人きりになるのが怖くて、ついそんなことを言ってしまう。怖いって何だ。

「あなたの熱も下がったみたいだし大丈夫でしょう？　それにこれでも私も忙しいし」

「あ、すみません……」

つい甘えてしまったことを自省する。

「本当にねえ、倒れてからお義母さんの人使いが荒くなっちゃって……やあねえ」

由希子さんから見てお義母さんということは小春さんのことか。その後、なんだかんだうまくやっているらしい。

「それは引き留められませんね」

ベッドの中からそう言う私に、由希子さんは「まあそれでもお義母さんには専属の看護師さんもいるし？　困ったことがあったらまたいつでも呼んでくれていいから。それから

――」

少しドヤ顔でそう言ってから、由希子さんは私の顔に口を寄せた。

「あの健介になにかあったら言うのよ？　私は葵さんの味方だから」

「あの」は健介の前置詞か。そう思ったらおかしくなる一方で、大真面目な顔で言われて胸の奥が温かくなる。と同時に、微かな後ろめたさが募った。

ごめんなさい。本当の嫁ではないんです。それなのに優しくしてくれてありがとう。

玄関まで見送りに行こうとするのを断られて、彼女が帰ったのと健介が帰宅したのはほぼ同時だった。

「お袋から熱は下がったって聞いた。大丈夫か？」

健介にしては珍しく心配そうな顔。

「うん。ごめん。風邪なんて何年もひいてなかったから体がびっくりしたみたい」

「それだけじゃないだろう」

「え？」

「俺のせいで……生活の変化を余儀なくされて。疲れが溜まっていてもおかしくはない」

「えー……」

そうなのかな。自覚はなかったけど。確かに結婚式やらパーティーやら慣れないことも色々あったからなあ。少しは疲れていたのかも知れない。

「幸いもう週末だ。ゆっくり休めばいい。もし必要なものや欲しいものがあれば用意するから」

「欲しいもの？」

「あー、アイスとか……桃の缶詰とか？」

「へ？」

思わず目が丸くなってしまった。だってよりによって健介の口から桃の缶詰なんて単語が出てくるなんて。

私の視線に気が付いたのか、健介は苦虫を嚙み潰したような顔になった。

「笑うなよ。俺がガキの頃、熱を出すとお袋が用意してくれてたんだよ。林檎のすりおろしとかな。それを思い出しただけだ」

あー、そう言えば由希子さんが扁桃腺が弱かったって言ってたな。そっか。喉が腫れてても食べやすいものを色々用意したんだろうな。幼い頃の健介の姿を想像すると心が和む。

「アルバム見たいな。健介が子供の頃の写真が見てみたい」

「おい。それは風邪と関係ないだろうが」

「えー、見たら精神的に癒やされるんだけどなー」

「却下だ却下」

「ケチ――」

本気で嫌そうだったから諦めた。あとでこっそり由希子さんに見せて貰えばいいや。

「葵」

「ん?」

「真菜伽の事だが……」

彼女の名前が出て、蓋をしていた記憶が浮き上がる。つまりは思い出さないようにしてたやつ。でも薄い皮膚一枚の下に隠れていた。

「うん、なに?」

こういう時だけ、何も感じていないふりが得意になったような気がする。何も見ていない。感じていないふり。

「そう言えば社長室にいたよね。急に倒れて心配させちゃったかもしれないから、あとで連絡しなきゃと思ってたんだ」

ごそごそと枕元のスマホを取ろうとする。聞きたくないと言う気持ちがダダ漏れになっていたかも知れない。彼が何を言い出すのか、聞くのが怖い。

「葵、お前――」

そんな気持ちが伝わったのかそれとも違うのか、健介が私の名前を呼ぶ。

「ん?」

私は何でもないふりができてる? 何も感じていない普通の顔ができてる?

「どうして俺と寝た?」

一瞬、何を言われたのか分からなかった。いや、わかったからフリーズする。なんで今その質問? どうしてって、そりゃあ……。

言いかけた言葉を必死に飲み込む。

「健介は？　なんで私を抱いたの？　女だと思ってなかったんでしょ？」

聞き返されて健介が言葉に詰まるのがわかった。そのままなんと答えようか逡巡しているのが見て取れる。

だけどそんなのずるいよ。自分の気持ちもはっきりしていないのにこっちの気持ちを知ろうとするだなんて。

私たちの結婚は会社の存続をかけたプロジェクトであって、簡単に別れたりはできないのだ。それなのに、迂闊に危ない橋を渡るわけにはいかないじゃないか。

「まあいいや。えーとね、私の方は勢いとタイミング？　たまたまヤりたい気持ちが盛り上がった時に、目の前にいたのが健介だったから。結婚している以上、他で処理するわけにもいかないし、そんな相手もいないしね」

わざと軽い口調で答える。そういうことにしておこう。と言うかさせてくれ。

健介の眉間には見慣れた皺が深く刻まれる。あけすけな言い方に気を悪くしたか、それとも性欲処理に使われて不快になったのか。

「……本当にそれだけか？」

私はじっと健介の目を見つめる。嘘を吐く時ほど目を逸らしちゃいけない。

「他に何が？」

健介はしばらく私から目を逸らして何かを考え込んでいたが、やがて顔を上げると「わかった」と呟いた。

「いずれ……真菜伽のことはもう少し状況がはっきりしたらお前にも話す」

「え？　あ、うん」

話すって何を？　聞きたいけど怖くて聞けない気がした。怖い。なにが？

「とにかく今はゆっくり休め。いいな？」

「うん。あ、でも健介のベッド……」

意識がなかったから仕方ないとは言え、彼の広いベッドを独占してしまっている。風邪をうつすのが怖いから一緒に寝るのは避けたいし、かと言って今自分の部屋に移っても、シーツ等を取り替えるのが手間だろう。

「気にするな。俺が別の部屋を使うから、何かあったらスマホで呼べ」

健介は私が使っているのと反対側の部屋を指して言った。

「……うん。ありがと」

健介はもう少し何か言おうと口を開きかけたが、結局何も言わないまま寝室を出て行った。

◇

健介が出て行った後、ベッドの中で自分が手を握り込んでいたことに気が付く。じっとりと汗ばんでいたのは熱のせいではなさそうだ。試しに枕元の体温計で熱を測ってみたら、ほぼ平熱だった。多少倦怠感が残っているのは、今までの発熱のせいだろう。

「う～～～～……」

こもった唸り声を上げながら、私は枕に突っ伏した。

真菜伽さん。あの漆原のじじぃの孫娘。だけど綺麗で洗練されていて、物腰も上品な美人。結婚してたけど失敗したって言ってたな。どうしてうまくいかなかったんだろう。

——たとえば。本当は好きな相手がいたのに、家のために結婚しちゃったとか。もしくは結婚してから本当に好きな相手がわかったとか。

そんでもって健介も。女嫌いだから自覚がないまま、本当は彼女のことが好きだったとか。可能性としてなくない？　だけど彼女は大学卒業した途端、結婚しちゃったから言えないでいたとか。

考えすぎ？　でも嫌でもあの時の二人が浮かび上がる。あの時の、追い詰められたような彼女の表情と、あの健介が、一応結婚したとは言えあの健介が女性の肩を抱くなんて、どういうシチュエーション？

そもそも彼女が上月建設で働く理由って？

考えちゃいけないと思うほど、想像は禁断領域に踏み込んでいく。

でも。でも万が一とはいえ、もしそうだったら。ただのタイミングの差で上手くいかないだけで、本当は二人が両思いなんだとしたら。

このまま私が健介と結婚してていいの？

……いいはずがない。たぶん。

真菜伽さんは綺麗だ。綺麗なだけじゃなく、誠実そうで裏表もあまりないと思う。総務部長が言うには、仕事も真面目で熱心だと言っていた。素人には馴染みのない数多の資材名を短期間でかなり覚えていたと。

悪い人じゃない。そして少なくとも私より女子力は高い。あの素朴なお弁当、いつも自分で作ってるって言ってたしな。

なんていうか……見た目は細身で華奢で、守ってあげたくなるようなタイプ。でも芯はしっかりしてそうな。私がもし男だったら、あんな人に優しくされたら速攻好きになりそうな気がする。

いやまあ私のことはさておいて。

こんなことでモヤモヤ悩んでいるのは私らしくない。何度も深呼吸をして息を整えると、私はスマートフォンを取り出して、メッセージアプリを起動した。

葵の顔色が、思ったより早く戻っていて健介は安堵の息を吐く。あの急な発熱は一過性のものだったようだ。

目の前で彼女が倒れた時は、激しい動揺に襲われた。慌てて抱き上げ、社長室に運んで医者を呼び出す。発熱で赤みを帯びた肌と苦しそうな息が無駄に色っぽく、他の奴の目に触れさせたくなくて、診察が終わった時点で半ば強引にマンションに連れ帰った。こんなことは口が裂けても誰にも言えないが。


健介がすぐに戻ると言った時、塚田はしばらく逡巡していたが、結局折れた。

『社にとって大事な会合だということは分かってらっしゃいますよね？』

銀縁眼鏡の奥から問われ、『当たり前だろう！』と怒り口調になったのは否めない。まだ水面下の段階だが、都市開発に関する大きなプロジェクトが進行しつつあり、上月もその参加企業の一員として数えられていた。今夜はその開発局と参加企業を交えた顔合わせの会合である。

社長である健介の欠席はあり得ない。それは即ち上月の撤退を意味していた。

『まあまあ』

そこに割って入ったのは、健介と共に会合に出席することになっていた副社長の坂下だ。

『健介社長のことだ。必要な事案は既にすべてインプット済みだろう。マンションでは誰か彼女を看てくれる人はいるのか？』

『あ、ええ。それは母が……』

『じゃあとっとと行って戻ってくればいい。いざとなれば多少の場繋ぎくらいなら私でもできる』

『坂下さん……』

『なあに、立場は君より下だが、これでも上月には長く勤めてるんでね』

坂下の下手なウインクに、健介はどんな顔をしてよいか分からなくなる。

『葵は我が社の大事な社員であると同時に、会社にとっても恩人と言える存在です。会社同様、ぞんざいに扱うつもりはありません』

どちらも軽んじることはない。

健介が断固とした口調でそう宣言すると、坂下と塚田は顔を見合わせて頷く。健介としては多少の嫌みも混ぜたつもりだったが、二人はなぜかどこか嬉しそうだった。

『会合に間に合わなくなる。行ってきなさい』

『フォローの準備は万全にしておきます』

その根底にどんな心情が潜んでいるのかはともかく、二人の言葉は有難かったので、葵を抱き上げて車に乗せた。そして思った以上に早く到着した母に彼女を任せ、とんぼ返りで社に戻る。塚田が運転する車の中で坂下と内容の最終チェックを行い、会合場所へと赴いた。

プレゼンを兼ねた顔合わせはつつがなく進行し、上月は無事に良いポジションを得ることができたのだった。

高揚した気分は、少し思い詰めた葵の顔を見て霧散する。

どういうわけか、最近、彼女を相手にする時だけ自分の中の感情をうまく処理できないでいる。

『健介は？　なんで私を抱いたの？　女だと思ってなかったんでしょ？』

葵に聞き返されて、即答できなかった自分に歯噛みする。それは彼女を抱いた時から健介の中にある問いだった。

葵のことが好きなのか？

そう訊かれてしまえばそんな気もしてくる。だが違和感があるのも事実だった。

女だと思っていなかったのも本当だ。葵は貴重な友人だったからだ。女だと意識して、上手くいけばいいが、失敗すれば失うものが多すぎる。

伊達に長年女嫌いだったわけではないのだ。どうしたって慎重にならざるをえない。

（それにしても、あいつ、真菜伽の事はどう思っているんだ？）

あまり気にしていないようなそぶりではあったが、それでも社長室で抱き合っているのを見られた時は焦った。目が合った時の葵の表情が、激しいショックを受けているように見えたからだ。だから思わず追いかけた。

そもそもなんとも思っていなければあそこで逃げないのではないだろうか。

これが、たまたま見られたのが男だったらここまでややこしくないような気もするのだが、とにかく自分は女心には疎い。そして葵を普通の女性に当てはめて良いのかどうかもよく分からない。

いや、そうじゃない。

大事な友人だと思っていた。少なくとも損得関係なく付き合える間柄だと信じていた。人柄も仕事ぶりも気に入っている。立場上、表だって褒めることはないが、直属の上司が葵を褒めているのを聞くと、心の一部に誇らしさを感じていた。

しかし彼女を抱いてしまってから、何かが揺らいでいる。安定していた関係が、まるで綱渡りのように危うく感じる瞬間がある。もしくは足元が掬われそうな焦燥感を覚える瞬間が。

あの葵を相手に何をバカなと自分を叱咤するが、時折不意に湧き上がる激しい引力が健介に一抹の不安を与えていた。

余っていたゲストルームのベッドに腰掛け、項垂れて深い溜息を吐く。

一週間前には自分のベッドで、葵があられもない声を上げていたのだ。髪を振り乱し、瞳を潤ませ、汗ばんだ熱い肌を健介に擦り付けていた。

『――勢いとタイミング？　たまたまヤりたい気持ちが盛り上がった時に、目の前にいたのが健介だったから。結婚している以上、他で処理するわけにもいかないし、そんな相手もいないしね』

初めてではなさそうだったが、慣れている感じでもなかったくせに。はじめは辿々しい指で俺の体に触れてきたくせに。性欲だけであんな縋るような目をするのか？

葵のくせに……？

あっけらかんと言い切った彼女に、モヤる気持ちを抑え込む。

それでいいのだ。いや、寧ろその方がいい。葵とはいずれ縁が切れる予定だった。いくらあの会長の目を眩ませるためとは言え、こんな茶番にいつまでも縛り付けておくわけにはいかない。うっかり気分が盛り上がって流された。そういうことにしておいた方が確かにいいのだ。でなければ、いずれ契約が終了した時、友人に戻れなくなってしまうかもしれない。それが一番怖かった。

（それにしても、自分のベッドで寝るのが苦痛になるとはな……）

葵に寝室を譲ったのは勿論彼女の体調を慮ってのことであるが、一方で自分の疚しさを隠すためでもあった。自分のベッドで寝れば、どうしても抱き合った時のことを思い出してしまう。あの時の葵の表情を。激しい熱情を。

必死で煩悩を追い払いながら、健介は横になって眠ろうと努力し続けた。

◇

「お待たせしました」

真菜伽さんが座っていた席の横に立って、声をかける。カフェに入った時から私に気付いていた彼女は、「私も今来たところです」とにっこり笑った。

うーん、今日も可憐だなあ。同性ながら彼女に微笑まれると微妙に高揚してしまう。

「今日はすみません、病み上がりなのにわざわざお呼び立てしてしてしまって」

すまなそうに頭を下げる彼女に慌てて手を振った。

「いえ！　最初にお話がしたいといったのはこっちですし！」

高熱の出る風邪から快復した直後、貰っていたメッセージに返信した。

『驚かせてすみませんでした。もう快復したので大丈夫です』

そして日曜日、会って話せないかと打診したらオーケーだったのだ。なぜだろう。健介からは何も聞きたくなかったのに、真菜伽さんとは話したい気がするなんて。

女同士だから？　それとも彼女との関係の方がまだ距離があるから、落ち着いて話が聞ける気がしたのだろうか。

ともかく午後に都内のカフェで待ち合わせる。先に来ていた真菜伽さんは、モスグリーンの小花柄が散ったベージュのワンピースを着て、それがよく似合っていた。

メニューをさっと見てコーヒーを頼むと、改めて向かい合う。

「社長……上月さんから、一昨日の事はなにかお聞きになりました？」

最初に口火を切ったのは真菜伽さんの方だ。それだけでも彼女の方が度胸が据わっていると言える。

「えーと……少しだけ」

本当は後で話すと言われただけだけど。何も知らないと言いたくないのは見栄なんだろうか。

「そうですか」

しかしなぜか真菜伽さんは困ったように微笑んだ。なんで？　ばれてる？

「以前……夫と別れた話はしましたよね？」

「え？　ええ」

「あれは……梅雨入りする前だったから、もう八ヶ月経つのかしら」

そう言って彼女は遠くを見る目になる。

「事の発端は、私と夫が言い争っている時に運悪く頭をぶつけて意識を失っちゃいまして。救急搬送された先の院長が祖父と懇意の方だったから、私の実家に連絡が行っちゃったんですよね。結局入院先からそのままうちの実家に無理矢理帰らされちゃって」

「ええ？」

「その際、古い傷のこととかも知られちゃって。そのことを知った祖父が、怒り狂って顧問弁護士に勝手に離婚手続きをさせてしまったんです」

あまりの話の壮絶さに、声が出なかった。

意識を失うような怪我。その前の古い傷。彼女は夫から暴力を受けていたってこと？

「離婚自体は、まあ……考えていたことなので異存はなかったんですが、子供の親権を取られそうになってしまったことだけはどうしても受け入れられなくて」

「子供⁉」

いるとは思わなかったので、大きな声が出てしまった。でも結婚して数年ならいてもおかしくないいんだよな。

真菜伽さんはやはり困ったように微笑む。

「璃空と言って……もうすぐ六歳になる女の子です。歳の割にしっかりしている方だとは思うんですが、まだ甘えん坊なので……何とか親権を得て引き取ろうとしているんですが、勝手に出て行った母親が悪いと言われて膠着状態で……」

そりゃあ、まだまだ母親が恋しい歳だろう。真菜伽さんみたいに綺麗で優しそうなママなら尚更？

「祖父は……とにかく先方と私の縁を切らせたかったみたいで、私が入院している内に全てを終わらせようとしました。でもいくら早く離婚を成立させようとしたとしても、璃空の親権を手放そうとしたことだけはどうしても許せなくて、祖父としばらく口をきかなかったんですけど……そうしたら新しい結婚相手を見つけたので連れてきたなんて言い出して」

なんつーか、あのじじぃ……。せっかちすぎるだろう！

「それが会食という名目で家に呼ばれていた健介さんだったんです。わざわざ私に顔まで出させて。あの、勿論、葵さんと結婚なさる前の話ですが」

思いもしない告白に、驚きの声が出る。

「健介？」

「……ええ。その、見た目は怖そうだけど、仕事はできるし女嫌いだから浮気もしないはずだ、と……」

「…………つまり前夫さんは浮気もしてたんですね。最低――。」

「でも、その話を聞いた健介さんの方が怒り出しちゃったんです。『結婚だけが幸せじゃないでしょう！』って」

その時を思い出したのか、真菜伽さんはおかしそうに小さく噴き出した。

「正直、あの時の健介さんの啖呵には胸がスっとしました」

「…………なるほど」

ようやく納得できた。いくら健介が筋金入りの女嫌いだからと言ったって、取引先との付き合いでそんな風に怒るなんて、おかしいと思っていたのだ。つまり、健介は真菜伽さんを庇(かば)う気持ちもあって、つい地を出しちゃったんだな。

結果として私と偽装結婚する羽目になったわけだけど……健介らしくておかしい。

「でも、そのせいで健介さんの立場が悪くなったんじゃないかと心配していたら、結婚なさることを聞いて……ホッとしたんです。これで一応祖父への面目も立つでしょうし、ちゃんとそういう方がいらしたんだな、と思って」

……これは、誤解を解かない方がいいんだろうな。

「そもそも私が働きだしたのも、子供を引き取るなら自分でちゃんと自立しなくてはと思ったからなんです」

「もちろん、祖父に頼めば働ける場所も用意してくれたと思います。恐らくは楽な仕事を破格な収入で。でもそれではずっと祖父の言いなりになっていなくてはならない。私は私の身の丈に合った仕事で、ちゃんと食べていけるようになりたい」

そこに見えるのは、彼女の素顔だった。

「だって、ずっと祖父や両親の庇護の元にいたら、自立しているとは言えないでしょう？　たとえ狭い住居になったとしても、贅沢な食事や玩具を用意してあげられなくなったとしても……私は――、私は親としてあの子とちゃんと向き合える人間になりたかったんです」

その時、やっと気付いた。私が彼女についてずっと気になっていたのはそこだった。いつも穏やかで上品な表情の下に、必死で何かに抗おうとしているような気配を感じていた。その正体を確かめたかったのだ。

「それでも旧知である健介さんを頼って働いているんですからまだまだ甘いとは思うんですけど」

「え？」

「いえ。甘くないです。使えるものはじゃんじゃん使わなきゃ！」

思わずそう叫んでしまっていた。世の中綺麗事だけじゃ渡っていけるはずもない。

「それに真菜伽さんだからといって待遇を良くしてもらってるわけではないですよね？　仕事だってちゃんと真面目に頑張ってる。周りの皆もちゃんと認めています。真菜伽さんは堂々と胸を張ってお子さんと暮らしていいと思います！」

熱弁してしまい、急に恥ずかしくなる。

「いやあの、私が偉そうに言えることではないですが！」

すぐ他人に入れ込んでしまうのは私の悪い癖だ。健介にもよく怒られていた。例えば依頼主に。例えば現場のスタッフに。『お前は必要以上に感情移入し易すぎる』。

今の話だって、真菜伽さんからすれば社長室での一件を詳らかにして、私が抱くであろう疑惑や不安を、律儀に払拭したかっただけなのだろう。それなのに、第三者である私に必要以上に感情的になられても重いだけに違いない。

五秒でそこまで反省して、改めて彼女を見ると、肩口が僅かに震えていた。

「あの……？」

何か怒らせてしまっただろうか？　もしくは気分を害してしまっただろうか。

不安になってそれ以上聞けないでいたら、彼女は瞳を潤ませて微笑んだ。

「ありがとう。本当はね、誰かにずっとそう言って欲しかったんです」

大きな瞳から涙が零れそうになり、彼女は慌てて自分のハンカチを取り出し、そっと目頭を押さえる。

「成り行きで夫との家を出る羽目になってしまったから、あの子に会いたくて、毎日不安と寂しさでおかしくなりそうで……。でも堂々と会いに行っていいのかも良くわからないまま必死で過ごしていたから……、葵さんにそう言って貰えて凄く嬉しいです」

言葉をつかえさせながらも、彼女は真摯にそう語った。

「お嬢さん……璃空ちゃん、今五歳って言いましたっけ」

「ええ。昇り棒や跳び箱が好きなやんちゃな子で、でも寝る前にはいつも絵本を読んであげないと寝なくて……小熊がかくれんぼする話が大好きで……」

言いながら、彼女の声に微かに嗚咽が混じる。

「全然会わせて貰えないんですか？」

「ええ。スマホのビデオ通話で話すことは何度かできたんですが……直接はあれ以来、一度も」

切なそうに真菜伽さんの顔が歪む。そりゃそうだろう。そんな小さい我が子と無理矢理引き離されているのでは。

「それこそ漆原会長の力でなんとかならないんですか？」

ごり押しするには権力が一番だ。そして彼女の祖父ならそれを有り余るほど持っている。未遂だったとは言え孫可愛さに親権を渡そうとしたのが彼の独断なら、取り戻す責任もあるだろう。

「祖父も尽力してくれていますが、夫の生家は代々代議士の家系なので、なかなか難しいようです」

うわ、上には上がいるって事か。

それにしても酷い。いくら感情的な齟齬があったとしても、まだ幼い子供を母親に会わせないなんて。憤りで目が眩む。

そりゃあ母親だから、実の親だから絶対安全とは言い切れないことも知っている。世の中には育児ノイローゼや虐待のニュースだって悲しいことにしょっちゅう流れている。

でも真菜伽さんはとてもそんな風には見えなかった。

「それなら……尚更頑張らないとですね」

「え？」

余計なことを言っていると分かっている。私には直接関係のないこと、ただの第三者でしかない。でもこんな顔を見てしまったら、もう放っておくことなんてできない。

「お子さんを取り戻すんでしょ？　全てはそれから、ですよね？」

彼女は一瞬目を大きく見開いたが、その後、覚悟を秘めた笑顔で頷いた。

「はい」

◇

真菜伽さんと別れて、マンションに帰る地下鉄の中で、ドアにもたれながら考える。

（訊けなかったな――）

暗い窓に映る自分の顔を見てひとりごちた。

健介のことをどう思っているか。訊けそうなら訊こうと思っていた。でも、あんな風に娘さんのことで必死になっている真菜伽さんを見ていると、とてもそんなことは訊けなかった。

実際、そんな想いが生まれてもおかしくないシチュエーションではあると思う。夫に暴力を振るわれ、子供と引き裂かれ、どうしようもない傷心のさなかで、優しくしてくれる人がいたら気持ちは揺れて当然だ。例えばそれが吊り橋効果のようなものであったとしても。

一方健介だって、旧知の女性がそんな災難に見舞われていたら——。庇ったり同情したい気持ちが生まれたっておかしくはない。というか、私が男だったら守ってやりたくなる気がする。

もっとも今の彼女は守られたいなんて思っていないかも知れないけど。今の真菜伽さんは「守れる人」になりたいのだから。

健気でいじらしいと思う。と同時に、同じ女として、守るべき対象を得ている彼女は凄いとも思う。

もし二人が想い合っていたら？

まだ自覚がないだけで、互いを想う気持ちが芽吹いていたら？

——その場合、邪魔者は私なのかもしれない。

夜の窓ガラスに、歪んだ自分の顔が映っていた。

6．いきなり誘拐劇

家に帰ってからずっとリビングのソファに座って考え込んでいたら、「変な顔をしてどうした？　風邪がぶり返したんじゃないのか？」と健介に突っ込まれた。変な顔って言うな。

「んーーー、完全犯罪で誘拐が可能か考えてた」

答えた途端、健介が飲みかけていたビールを噴き出す。

「きったないなあ！　何やってるの！」

慌てて雑巾やらタオルを持ってきて辺りを拭いた。

健介も自分の汚れた口周りを拭きつつ苦い顔で言い返す。

「葵、お前、昼間、真菜伽に会ったな？」

「うん。言ってなかったっけ？」

「聞いてない！　ちょっと出かけてくるとしか言ってないだろうが！」

だってわざわざ言うようなことじゃない気もしたしー。

「怒らないでよ。別に私が誰と会おうと勝手でしょ？」

よかった。お高そうなカーペットに染みが残ることはなさそうだ。

「もちろん誰と会おうと構わん！　だけど不穏なことを考えるのはやめろ！」

かなり本気の顔で言われて「うーん」と迷う。誘拐って言っちゃうとやっぱり不穏か。

「えーと、じゃあ、未就学児と問題なくお友達になる方法？」

にっこり笑って答えたら、健介は頭を抱えだした。

「だから！　お前には何も言いたくなかったんだ！」

「何よ、それ」

「お人好しの上に無駄に正義感が強いお前のことだ。真菜伽と娘のことを知ったら絶対何かアクションを起こそうとするだろ！」

「だって可哀想じゃん！　ちっさい子がずっと大好きなママに会えないんだよ？　会わせてあげたくなるのが人情じゃん！」

難しいことは分からない。親権争いとか自由面会禁止とか、その辺は弁護士の仕事の範疇だろう。でも璃空ちゃんに会って、ちゃんと聞いてみたかった。ママと会いたいか。会いたいなら会わせてあげたかった。

「葵の気持ちも分かるが、鶴澤のじいさんも色々画策しているようだし、相手は代議士の家だ。迂闊に手を出せば、こっちが加害者にされて一生会えないことになるんだぞ？」

「！」

健介の言うことも分かる。腕のいい弁護士なら白のものを黒にすることなんか朝飯前なんだろう。だけど、じゃあと手をこまねいて見ている気にはなれなかった。

「真菜伽さんから聞いた話では、璃空ちゃん、毎日幼稚園が終わると習い事をさせられているみたいで、英語とピアノと算数は家庭教師だけど、新体操と水泳のレッスンはそれぞれのスタジオに通わされてるって」

「お前！　俺の話を全然聞いてないだろ！」

「当然一人で通うのは無理だろうから、付き添いがつくよね。シッターさんとかガードマンとか？」

「だーかーらー！」

「でもレッスン中や着替えの時は入れないと思うんだよね」

「葵……！」

健介の顔が見る見る憤怒の形相になってきている。

「ちなみにこのレッスンスタジオが入ってるビル、メンテナンス業者がうちの関連会社だって知ってた？」

「え………？」

血管を浮かび上がらせていた健介の額がさーっと平らになり、ぽかんとした表情になる。

私はにんまりと口の端を上げた。

◇

建設会社には様々な関連会社が存在する。もちろん自社内の専門部署もあるが、作業内容が多岐に亘るため、それぞれを得意とする下請け会社を利用する場合も多い。今回もそのパターンだったから、健介が気付いていないのも無理はなかった。

私も付き合いの長い業者じゃなかったら気付いてなかったかも知れない。

真菜伽さんの娘、璃空ちゃんが通うスタジオビルの、管理会社から依頼された仕事は、更衣室やシャワー室の防音、及び上水設備のリメンテに関してである。

即ち、私がそのビルに業者として出入りしても不自然ではないということだ。

「いやしかし……」

健介の顔に微かな迷いが浮かぶ。

「もちろんいきなり連れ去りとかする気はないよ。でもたまたま居合わせたら様子を見るくらいはいいでしょ？」

「……………まあ、それくらいなら」

そう言いながらも健介の歯切れは悪い。でもあくまで偶然を装って。できなくはない。

「健介は何も聞かなかったことにしてればいい。私も何も知らなかったふりをするし」

真菜伽さんのことも、璃空ちゃんのことも。何も知らなかったふりで様子を窺うくらいならできるはずだ。元々知らない人間がビル内を歩いていても、作業着を着ていればあまり怪しまれることもない。

「でもくれぐれも物騒なことはするなよ？」

念を押されて一瞬口ごもる。しかし平然とした笑顔を繕って「もちろん」と請け負ったのだった。

事情を軽く話して、真菜伽さんに璃空ちゃんの写真を見せてもらう。なかなか利発そうなお嬢さんだった。二つ結びの編み込みは真菜伽さんがしてあげていたのだと言う。

「あの、でも……いいんでしょうか？」

「子供や女性が使うシャワールームや更衣室は、下見役が女性の方が安心されやすいので、その手の依頼を受けることは多いんです。今回も偶然を装うのは可能です」

「なら、私もその下見役に――！」

直接璃空ちゃんの顔が見たいのだろう。そう言った真菜伽さんを、私は冷静に押しとどめる。

「現場の人間である私が入るのは自然ですが、さすがに事務職のスタッフが入るのは……露見した時に言い訳が立ちません」

「そう……そうですよね……」

がっくりと肩を落とす彼女を見て、胸が痛む。だけどここで危険な橋を渡るわけにはいかなかった。

「歯痒いとは思いますが……ここは任せて頂けませんか？」

まずは璃空ちゃんの精神状態を確認するのが先決だった。母親と長期に亘り引き離されて、今、幼い彼女がどんな心境でいるのか。

「──はい」

真菜伽さんも、募る気持ちを抑え込んで、静かに答えた。

──と、思ったのに。

事態は思わぬ方向に突き進んでいた。

「女の子を！　この写真の女の子を見かけませんでしたか！」

慌てた声でスマホの写真を見せてきたのは、四十代くらいのスーツ姿の女性だった。

「え？　見てませんが……」

「そうですか！　見かけたらこちらに連絡をお願いします！」

投げるように渡された名刺には、民間警備会社の対人課の文字がある。そして彼女自身の名前と連絡先も。

「ええ〜〜……？」

どうやら私が探す前に璃空ちゃんが行方不明になっていた。

一応こちらも仕事で来た体なので、同行した下請け会社の人も交えて、他の親御さんに改装希望のヒアリング等の実地調査を行い、作業内容を検討して方向性を示す。けれど気持ちはそわそわと幼女の行方に終始した。何処に行ったんだろう？

何とかすべき仕事を終えて、駐車場に向かう前に事務所に寄る。

「さっき、女の子がいなくなったって聞いたんですが……」

事務所の人たちも困ったように顔を見合わせた。

「一応、建物内の防犯カメラもチェックしたんですが……どうやら本人が一人でエレベーターに乗り込んでこのフロアを出て行ったらしくて……」

「それは……心配ですね」

私がよほど心配そうな顔をしていたのか、その内の一人が潜めた声で説明してくれる。

「大きな声では言えないんですけどね、件のお嬢さん、ご両親が離婚されてお母様が出て行ってしまったらしくて、ずっと塞ぎがちだったんですよ。半年ほど前まで一緒に来ていたお母さんはとても綺麗で優しそうな方で……、とてもお子さんを置いてくような人に見えなかったのに」

「へえ……」

「それ以来、お父様が雇った人が付いてたんですけどね、『お腹が痛いからトイレに行く。その間に自販機のココアを買っておいて欲しい』って言って……目を離したほんの数分でいなくなったって」

なかなか頭の回る幼児らしい。中身は高校生探偵とかじゃないよな。

「それで警察には？」

「それが……お父様に連絡をしたら外聞が悪いからダメだと仰ったらしく……、警備会社が人を増員して探しています」

「そう、なんですか……」

外聞が悪いって、まだほんの子供だぞ？　しかも我が子のことなのに？

胸中にモヤモヤを抱えつつ、スタッフ用の狭い駐車場に置いた社用車に向かった。同行した下請け会社の人とはここで別れる。

さて、どうしようか。

車に乗り込んで、一息吐いた時、バックミラーに小さな影が走った。

——え？

慌てて車から飛び降り、影が走って行った方向を目視する。縺（もつ）れた髪の毛の小さな少女が数メートル先の壁添いを走っていた。駐車場に停めてある車の影をちょこちょこ移動するのを、ダッシュで先を読んで捕まえた。

そうか、来客用駐車場とスタッフ用が離れていたから、こっちは盲点だったらしい。しかもこっちの方が暗くて狭く、隠れやすい。もしかしたらスタッフ用のエレベーターで来て、ビルの外に出るつもりが迷子になっていたのかも知れない。

「やだ！　はなせ！」

舌足らずの声が叫んだかと思うと、抱きかかえた腕に思い切り噛みつかれる。

「～～～～～～っ！！」

全く遠慮容赦のない噛みつき攻撃に必死に耐えながら、私は声を振り絞って訊いた。

「ママに会いたい？」

まるで釣り上げたばかりの鰹のような幼児の動きが、ゆっくり止まる。私は怖がらせないように、できるだけ静かな声で問いを重ねた。

「璃空ちゃん、だよね？　ママに、会いたい？」

よく聞こえるように、一語一語区切って話した。

幼女のつぶらな瞳に見る見る涙が盛り上がり、ぼろぼろ零れ始める。

「パパやだぁ……、ママがいい……っ」

顔中を涙で濡らしながら、そう伝える幼女の胸元に、青いアザがちらりと見えた。私は彼女を向かい合って立たせると、膝立ちになって目線を合わせる。

嫌な予感がした。真菜伽さんの前夫は、彼女に暴力を振るっていた。

「あのね？　答えたく無かったら言わなくてもいいんだけど……、パパは璃空ちゃんをぶったりとか……痛いこと、したりする？」

なるべく優しく訊いたつもりだったが、彼女の泣き顔が更に激しく崩れた。まさに号泣としか言いようのない姿に、私は少女をそっと抱き締める。

「わかった。ママのところに行こう」

「……おねえちゃん、だれ？」

「私は葵。ママの友達だよ」

「ほんとう……？」

不安を抱えながら、縋るような瞳が痛い。

このままこの子を連れ去れば、私は立派な誘拐犯だろう。でも、この子を父親の元に返すわけにはいかない。

念のためにと、真菜伽さんと一緒に撮っておいたスマホの写真を見せる。璃空ちゃんが見たら私たちが友達と分かるように笑顔で並んで撮ったやつだ。それを見せながらできるだけ穏やかな声で話した。

「璃空ちゃんのことをママから聞いて知ってるよ。縄跳びや昇り棒が得意で、小熊の絵本が好きなんだよね？」

「うん！」

涙でびしょ濡れの少女の顔に、ぱあっと笑みが広がる。

決定。前科が一個くらいつこうが構うもんか。幼児に暴力を振るうような親のところへ、一秒だって返せない。

念のため、璃空ちゃんにはミニバンの後ろに積んであったトランクボックスに隠れて貰う。

そうして車でビルから出た。

車を走らせながら、ハンズフリーで健介に通話を繋ぐ。

「真菜伽さんを早退させて。そのまま安全な場所で待機させて」

『葵⁉』

「警察はまだ介入してないはずだけど、遠からずそうなる可能性もあるから急いで！」

『お前、誘拐はやめろと……！』

「この子は父親に虐待されている可能性がある。返すわけにはいかない」

そこまで言うと、通話口の向こうで息を呑む気配がした。そして数秒。

『わかった。うちの実家に連れて行け。じいさんから鶴澤に連絡させる。真菜伽もすぐ、塚田に連れて行かせる』

判断が速いのがウチの社長の長所だな。

「了解」

手短に答えて通話を切った。そのまま、健介の実家へとハンドルを回した。

◇

「あなたが璃空ちゃんね？　よく来たわねぇ」

由希子さんは持ち前のおっとりした笑顔で少女と私を出迎えてくれた。

「まずは手を洗って、こっちでおやつでも食べましょうか」

璃空ちゃんは私の作業ズボンにしがみつきながら、迷う顔で私を見上げる。

「大丈夫。この人は私のお母さんだから」

義理の、が正しいが、その辺は割愛した。

「ママもうすぐ着くからね。ココアとジュース、どっちがいい？」

やはり屈んで目線を合わせる由希子さんに、璃空ちゃんは虫の鳴くような声で「ココア」と呟いた。

秘書の塚田さんが運転する車で、真菜伽さんが到着したのはその十分後だった。

「ママぁーーーーっ！」

「璃空！」

おやつのドーナツを食べていた璃空ちゃんは、コーティングしてあったチョコレートを口の周りにいっぱい付けたまま、真菜伽さんの胸に飛び込んでいく。真菜伽さんはそんな彼女を力一杯抱き締める。

その後ろから、塚田さんと一緒にスーツ姿の穏やかそうな男性が同行していた。

「小児科医の方です。……虐待専門の」

塚田さんが小声で私に囁いた。

「騒ぎにならないよう、先方にお子さんをお預かりしている旨は伝えてありますが、取り戻しに来られた場合、拒否する理由付けが必要ですから」

そりゃあそうか。現在の保護者は向こうになっている。その親から引き離す以上、正当な理由が必要だった。『母親に会わせたい』だけでは不十分だ。

「もっとも先方には璃空ちゃんがここにいることは知らせていません。漆原の家で保護している事になっています。遠からず真菜伽さんに連絡を取りたがるでしょうから、そちらは漆原会長の方で時間を稼いで貰えるはずです」

この短時間にそこまで手配してくれたのかと思うと、健介の手際の良さが有難かった。

「葵さんも、覚えておいて下さい。葵さんはあくまで、偶然迷子になっていた璃空ちゃんを見つけた。親の名前を聞いたらたまたま知り合いの名前だったので連絡してみた。それ以上でもそれ以下でもありません。それ以降は社長の指示に従った。——いいですね？」

私はごくりと息を吞んで、首を縦に振る。

正直に言えば僅かな抵抗はある。今回は私が突発的に動き、健介は巻き込まれて尻拭いをさせられたに過ぎない。でも塚田さんの言葉だと、あくまで首謀者は健介になってしまう。

けれど実際、最終的にこの場に収拾を付けられるのは健介なのだ。大事なのは目の前の泣きながら固く抱き合っている母子が、二度と離れればなれにならないようにすることだった。

「あと、社長から葵さんに伝言です」

「え？　なに？」

「『お疲れさん』だそうです」

「！」

てっきりどんな嫌みが降ってくるのかと身構えていたのに、ふっと心が緩んでしまう。さすがに子供一人を連れ去る緊張感で、肩には力が入りまくっていた。塚田さんの運んだ伝言が脳内で健介の声で再生されて、その場にしゃがみ込みそうになるのを堪えた。

「すみません、私、ちょっと手を洗ってきますね」

そう言って洗面所に向かう。

濡れないように袖をまくると、作業着の厚い布越しだからまだマシだったとは言え、璃空ちゃんに噛まれた痕が青紫になっていた。

窮鼠猫を噛む。文字通り、そんな感じだった。そしてその必死さが私を動かしたのだ。

皆が集まっていた応接間に戻ると、璃空ちゃんは真菜伽さんにくっついて眠っていた。いつの間にか健介も来ている。入れ替わりに塚田さんが社に戻ったらしい。急用による社

長の不在をフォローするために。

「少し話しただけですが、かなり精神的なストレスを抱えていたのは確かですね。今からお母様立ち会いの下で体に傷がないかも確かめさせて頂きます」

真菜伽さんの顔が青ざめる。

「私がいた時は……少なくともこの子に手を出すことはなかったんですが……」

「それは調べて頂いてからの話にしましょう」

由希子さんがそう言って、璃空ちゃんを抱き上げた真菜伽さんを、客室へと連れて行った。

二人のことは由希子さんに任せて、一旦私たちはマンションに帰ることにする。

置いていくのも一抹の不安があったけど、健介に言わせれば、上月家は見た目は古いが、最新のセキュリティ設備が整っているらしい。健介の祖父である会長が、様々なセキュリティ完備の建築物を建てるために、自宅で実地実験を行っていたらそうなったということだった。

そもそも璃空ちゃん自身は漆原会長が保護していることになっている。上月家と結び付ける要素は少ないだろう。もっとも真菜伽さんの就職先を先方が把握していなければ、という話にもなるのだけど。

何はともあれ、しばらくはせっかく再会できた親子を二人きりにさせてあげたかった。

社用車のミニバンはしばらく預かってくれるというので、健介の車に乗せて貰ってマンションに辿り着いた。

二人きりになってから、そっと健介を窺う。

「怒ってる……？」

勝手な事をした自覚はある。それに万が一私が犯罪者になってしまったら、私だけでなく健介や会社にも影響は及んだかも知れない。

いくら責任を取って辞職するとか離婚するとかしたって、影響は皆無ではないだろう。

健介は黙って私のことをじっと見つめてた。

「ごめん……」

殊勝な気持ちになって謝る。間違ったことをしたとは思っていないが、迷惑をかけることになるかもしれないと、分かってもいた。それを申し訳なく思う。

しかし俯いた私の頭を、健介はぽんと叩いて呟いた。

「それが葵だしな。しょうがあるまい」

その言い方があまりに優しくて、不意に膝から力が抜けた。

「おい！　葵⁉」

焦った声を出して健介がよろけた私の体を支えてくれる。

「ごめん、あの、急に緊張の糸が緩んだみたいで……」

支えてくれる健介の腕に縋りながら、ようやく本音を漏らす。子供の前では強気の顔を維持してきたが、結構ギリギリだった。なにせ様子を見に行くだけのつもりが突如本人遁走、あまりに運良く私が発見し、そのまま連れ去ってしまった。正直善悪の判断もつかないまま、テンションは上がりっぱなしだった。

その精神的な糸が、健介の一言で一気に緩んでしまう。泣きそうになる。期せず肩が震えだしてしまった私を、健介の腕が抱き寄せた。

「お前は……よくやった」

それが限界だった。

「本当に？」

子供みたいに甘えた声が出る。

「ああ。正直、色んな手段を講じてきたが、子供の様子が分からないからどれも決め手になりかねていた。しかし今回の件が突破口になった。もっとも……あの子自身の手柄かも知れないがな」

「…………うん」

『パパはいや。ママがいい……っ』

体中で叫んでいた少女。幼いのに、必死で現実に抗おうとしていた。

「見つけたのが葵でラッキーだったんだ。他の奴だったらとっくに向こうのガードマンに引き渡していただろう」

「うん」

普通に考えればそうだ。多少気になる部分があったとしても、近くにいる保護者に引き渡すのが当然だろう。

「最初はなんて無茶をと思ったが――、結果オーライだな。お前はよくやった」

抱き締められている体が気持ちいい。健介の腕の中にいると思うだけで、全身が安心する。

あの子も、真菜伽さんの腕の中でそんな風だといい。

「ありがと。ちょっと落ち着いた」

顔を上げると、至近距離で健介と目が合う。彼の目が、熱っぽく揺れていた。

「あ、あの……」

考えるより先に体が反応した。頬が熱くなる。

「私、こんな格好のままだし……、シャワー浴びてこなきゃ……」

「ああ、そうだな――」

私を抱き締めていた健介の腕の力が緩んだので、急ぎ足でバスルームに向かった。

なんだこれは。作業着を脱ぎ捨てて、熱いお湯を浴びる。

さっき、健介に見つめられた時に感じてしまった、全身の皮膚の高揚を、打ち消すように激しい水流を叩き付けた。

だけど一度疼いた体はなかなか収まらない。泡立てたボディソープで全身を洗っても、今度は体の内側に熱がこもり始めていた。

うそ。

こんな風に突然性欲がわき上がるなんて。健介もそう？　さっきの目はそんな風に見えたけど、私の願望が見せた錯覚じゃない？

頭も体も隅々まで綺麗に洗って、由希子さんに貰ったシルクのパジャマを着てリビングに戻る。

「お風呂……先にありがと。健介も入ってくれば？」

「ああ、そうだな」

ソファに座っていつものようにタブレットを弄っていた健介は、座った私と入れ替わりに立ち上がった。だけど、立ち去る際に「俺の寝室で待ってろ」と耳元に言い残す。

え？

……ええ？

やっぱり錯覚じゃなかったのか。

濡れた髪だけ乾かして、彼の寝室に入った。

ぽすんとベッドに腰掛けて、手持ち無沙汰にしていたら、ボクサーショーツだけ身に付けて、やはり濡れた髪をバスタオルで拭きながら健介が戻ってきた。

「パ、パジャマくらい着たら⁉」

引き締まった胸筋や腹筋を前に、顔を赤らめながら言うと、「どうせすぐ脱ぐだろ？」と事も無げに答えられて頭の中が爆発しそうになる。

「そ、そうかもだけど……っ」

目のやり場に困るって言うか……っ。

「そっぽ向いてないでこっち向け」

「え――」

顎を捕まえられ、顔を健介の方に向けさせられたかと思うと、そのままキスされた。

柔らかい唇の感触。からの獰猛な口淫攻め。抗う間もなく唇を割って入ってきた舌は、私の口の中で激しく暴れ回る。舌を絡め取られ、強く吸われたかと思うと、からかうように押し戻されて口蓋や歯列を舐められた。

「ぁ、けんすけぇ…………」

漸く開放されて、息も絶え絶えに彼の名を呼ぶと、健介は自分の唇をぺろりと舐めながらにやりと笑った。

「すっげぇ、エロい顔になってる」

顔中が火のように熱くなった。だって、あんなやらしいキスをされたらしょうがないじゃん！

「葵……？」

更に口付けながら、健介の手がパジャマの上から胸を揉み出す。

「下に何も付けてないのか？」

その感触に、健介が訊ねた。きっと、私の顔は今真っ赤になっている。

「…………どうせすぐ脱がすクセに」

目を逸らして、辛うじて反撃すると、健介の噴き出す声が聞こえた。

「お望みとあらば着たままでもいいが？」

そう言いながら、薄いシルク越しに、固くなっていた胸の先端に軽く歯を立てた。

「ひゃっ」

敏感になっていたところにいきなり刺激を受けて、目の前がチカチカする。

「気のせいかと思ってたけど……布越しでも分かるほどビンビンになってるな」

「や、言うなバカ……っ」

恥ずかしさで目眩がする。けれどそれを煽られたと受け取ったらしく、健介はそのまま唾液を絡めて先端を吸い始めた。

じゅる、じゅじゅ、といやらしい音を立てて胸が吸われていると、体の奥の方からじわじわと快感が湧き上がってきた。

薄目を開けて見ると、健介の唾液で貼り付いたシルクが、くっきり立ち上がった先端を露わにしていて、この上もなく淫靡な姿になっていた。

健介は濡れた紅い実を今度は指先で弄りながら、もう一方の胸も吸い始める。下腹の奥がじんじんと痺れ始めていた。

「けん、すけ……」

震える声で彼の名を呼ぶ。彼は私の胸を吸いながら、獰猛な目付きで上目遣いに見つめてくる。ヤバい。このまま食べられたい。

「布越しじゃ、やだ……」

薄い布一枚なのに、パジャマ越しじゃもどかしくて仕方なかった。直接触って欲しい。恥ずかしいけど、必死に懇願する。

「珍しく素直だな」

健介は薄く笑うと、ぷちぷちとパジャマのボタンを外して私の胸を露わにした。

ここぞとばかりに、彼の首に腕を巻き付けて抱きつく。裸同士の胸が触れ合うのが気持ちいい。そのまま彼に口付けた。裸の胸を擦り合わせながら、互いの唇を食み合う。極上のご馳走のように彼の舌を味わった。欲しい。もっと欲しい。

「バカ、そんな風に煽るから――っ」

腰を押し付けられると、ゴリっと固いものが当たる。健介の体が熱くなっているのを感じて、私は腰を当て返した。私の柔らかい部分に、彼の固いものが当たるように。

「ったく………」

彼は下着の中から窮屈そうにしていたそれを取り出し、「これが欲しいのか?」と囁いた。そして濡れた先端で、私の秘所を擦ってくる。下はまだパジャマを履いたままだった。

「脱がすぞ」

健介は言葉少なにそう言うと、言われるがまま腰を浮かせた私の体から、ショーツごとパジャマを抜き取った。

今度は直接、固く滾った先端で濡れた花弁の中を擦られる。

「あ、ダメ、や……」

自分のものだとは思えない、甘ったるい声が漏れた。

「こんなに濡らしてて……?」

意地悪に笑う健介の声。それさえも耳の奥で媚薬に変わる。

健介は私の脚を大きく開かせると、その間に顔を埋めてきた。

「や、健介、だめぇ……っ」

自分の脚の間で、じゅるじゅるといやらしい水音が響き渡る。私の淫液を健介が舐め取る音だ。花弁の奥にある蜜口を、そしてその上にある敏感な淫粒を、健介は舌で貪り始めた。

「ひゃ、ぁああん、あ、ああぁぁんっ、や、やぁあ、…………ひゃあああぁんっ」

太股を抱きかかえられたまま、激しく舌で責められて私はイった。意識が真っ白になり、何も考えられなくなる。

体中を弛緩させてぐったりしていると、耳の奥でぺりっという音がした。健介が、避妊具を取り出した音だった。

「俺にもイかせろよ……?」

そう言って、健介は再び私の太股を抱きかかえると、固く立ち上がった切っ先を、私の蜜口に押し当てた。

彼とひとつになる予感に、私の体がぎゅっと震える。

太股ごと腰を少し浮かされ、角度を調節されて、彼自身が私の中に埋め込まれた。

「ぁ…………っ」

求めていた強い圧迫に、彼を離すまいとするかのように締め付けてしまう。

「バカ、そんなに締め付けたら……っ」

健介の、歯を食いしばるような声が遠くで聞こえた。

「だって……勝手になっちゃう……」

それでも彼は強引に私の奥まで入ってきた。腰を強く押し付け、根元までぴたりと納めてくる。それだけで息が激しくなった。

「……痛くないか？」

よほどきつかったのか、そんなことを訊いてくる彼の優しさが嬉しかった。

「平気。それに……すごくイイの……」

涙を滲ませながら囁くと、私のナカで彼の硬度が更に増した。

「あぁんっ」

思わず喘いでしまう。

「葵、葵………っ」

熱病に浮かされたように、私の名前を呼びながら彼は腰を前後に振り始めた。その度に内側が激しく擦れて熱くなる。

「健介、ダメ、こんなのすぐイっちゃう……っ」

必死に彼の腰に脚を巻き付けながら、私は無意識にそう叫んでいた。

こんなの気持ちよすぎる。おかしくなる。

「まだだ、まだ、もう少し……っ」

イキそうなのを制止されておかしくなりそうだった。でも待ってあげたかった。一緒にイキたいという気持ちだけが必死に理性を押しとどめる。

健介は大きな円を描くようにグラインドしながら私の中を激しく突くと、何度目かの抽送で激しくその身を震わせ、射精する。私の中で、皮膜越しにも溢れているのがわかった。それを機に私は意識を手放す。

汗ばんだ肌を合わせたまま、私たちはそのまましばらく倒れ伏していた。

真菜伽さんの元夫と、義父であった代議士の事務所に、とある地方開発に絡む業者との癒着という汚職事件の嫌疑で、検察が強制捜査に入ったとニュースが流れたのは、いよいよ年の瀬も押し迫ってきた一週間後のことだった。

7．平穏と不安

「漆原会長も、かなりのところまで情報を握っていたらしい。だが曾孫が向こうにいたから切り札を出すタイミングを見計らってたんだな」

健介が言うには、遠からずそれを決行する予定ではあったが、相手に勘付かれるわけにはいかないから、どうしても慎重を期す形になっていたそうだ。

しかし予想外に私が璃空ちゃんを確保してしまったため、向こうの代議士一家ががたついたこともあり、計画が一気に前倒しになったということだった。

セキュリティが万全であり、しかも縁の浅い上月家に真菜伽さん達を隠したのはそれもあった。

今現在、その代議士と親交のあった漆原会長も、連日、参考人として検察に赴いているという。

「大事な孫娘を傷付けられて、復讐のつもりもあったのかなあ」

「そんな甘い御仁じゃないさ。恐らく鶴澤にとっても手を切りたい潮時だったんだろうよ。だがまあ……意趣返しの気持ちが皆無だったとは思わないがな」

今のところ、真菜伽さんや璃空ちゃんにはマスコミの取材も及んでいない。その辺りは、漆原会長が早々に真菜伽さんを離婚させてあったのもあるのだろう。璃空ちゃんも、なるべく早く真菜伽さんの籍に入れるよう、弁護士が動いてくれている。

璃空ちゃんの父親は娘の親権どころではなくなっていた。彼自身、汚職に直接関わっていたわけではないようだが、私生活の御乱行がマスコミにすっぱ抜かれていた。表向きはイケメンの二世代議士として華々しかったはずだが、ＳＮＳ等での失言炎上もあったらしく、議員生命は風前の灯火だった。

ほとぼりが冷めた頃、真菜伽さんと璃空ちゃんは、上月家から真菜伽さんが一人で暮らしていたマンションに移った。さすがに年末年始を他人の家で過ごすのは気が引けたのもあるらしい。

有名代議士のスキャンダルはまだ一部で騒がれていたものの、幸い、歳末シーズンとあって世間的には他のニュースに紛れつつあり、既に離婚して雲隠れしている元妻と娘を追いかけるマスコミの気配もなかった。その辺は漆原氏が裏で手を回したのかもしれない。

とはいえ、璃空ちゃんの可愛さにメロメロだった由希子さんは、「もう少しいればいいのに」とかなりごねて、小春さんに叱られたらしい。少し拗ねた顔で、けれど「いつでも遊びにいらっしゃい」と二人を送り出していた。

◇

年が明けて冬休みも過ぎた後の休日、真菜伽さんが璃空ちゃんを連れて私たちのマンションに挨拶に来てくれた。二人の新生活は、会社の冬休みを挟んだのもあってそれなりにすんなりと始まったようだ。

「あおいちゃん！」

私の姿を見つけた璃空ちゃんが、全開の笑顔で腕の中に飛び込んでくる。私はママのところに連れてきてくれた人として、璃空ちゃんから全幅の信頼を得ていた。

逆に陰の功労者ではあるのだが、その強面のせいで怖がられていたのは健介だった。父親が少なからず娘にストレスを与える存在だったので、男性全般苦手意識ができてしまったのもあるかもしれない。

健介の姿を見ると怯える幼女に、彼も少なからず傷付いていたようだけど、さすがにそこは大人なので気にしないふりをする。

「この度は本当にお世話になりました。健介さんにも葵さんにも、何とお礼を言っていいか分かりません」

真菜伽さんはそう言って深々と頭を下げた。

「俺はたいしたことはしていない。したのは漆原会長とうちのじーさんだろう」

実際、真菜伽さんの嫁ぎ先から璃空ちゃんを取り戻すために、二人が色々画策し、暗躍したのは事実らしい。怖いから詳しくは聞かないけど。

「それに葵が璃空ちゃんをかっさらってきたのは完全に想定外だったし」

「かっさらうつもりなんかこっちもなかったってば。最初は様子を見に行くだけのつもりだったんだし」

「つまり、璃空ちゃん本人が道を切り拓いたとも言えるな」

健介の結論に、真菜伽さんは目尻を少しだけ潤ませる。

「璃空を助け出して下さったのも勿論ですが、急に会社を休ませて頂いて、それなのにクビになっていないのも……、感謝しています」

「それは……非常時の休みは社員の当然の権利だろう」

憤然と言い切る健介に、真菜伽さんは困ったように微笑んだ。

「あおいちゃん、みてみて！　りくの宝物の絵本、よませてあげる！」

璃空ちゃんが、自分のリュックから取り出した大きな絵本を私の膝の上で広げ始めたので、そちらにつきあって小熊の冒険に乗り出す。

「……ここからは、上司としてでなく昔馴染みとしての助言だが――、あんたは元々一人で強がって無茶をしすぎる」

「え？」

健介の言葉に真菜伽さんはきょとんと目を見開いた。

「あまり自覚がないんだろうが『自分さえ我慢すれば』とか『まだ耐えきれないほどじゃない』と強がっている内ににっちもさっちもいかなくなることがある」

「そんな……」

「健介、言い方！」

私に咎められて、健介は渋面になった。

「つまり……頼れる相手をちゃんと作って、頼れ。俺が言いたいのはそれだけだ」

自分でもらしくないと思ったのか、そっぽを向いた顔が少し照れているように見えて、滅多に見ない顔はレア感満載だった。

真菜伽さんもそう思ったのか、それとも思い当たる部分が少なからずあったのか、微かに頬が赤い。

「ママをいじめないで！」

一人だけ、健介の雰囲気を怖いと感じたのか、璃空ちゃんが応戦しようとしていた。

「璃空、ちがうのよ！　この人は……このおじさんは、ママのことを心配して言ってくれたの！」

慌てて真菜伽さんが間に入る。

「ほんとう？」

疑い深そうに健介を睨む璃空ちゃんは、ママを守ろうと小さな手を精一杯広げていていじらしい。

しかし健介本人は、真菜伽さんにおじさんと言われたことの方がショックだったようだ。

「おじさん……」

暗い声でそう呟いた。

「あの、すみません！」

「謝ることないってば。璃空ちゃんから見たら健介がおじさんになるの、当然でしょ」

「だったらお前もおばさんだろう！」

これは完全に八つ当たりだ。

「あおいちゃんはかっこいいからいいの！」

璃空ちゃんが絶妙なフォローを入れてくれた。私はここぞとばかりに「そうだよねー」と頷き合ってみせる。

とは言え健介だけを悪者にするのは少し気が引ける。すると真菜伽さんが静かな声で言い出した。

「あのね、璃空。あのお……兄さんは見た目は少し怖そうだけど、本当は優しい人なの。ママも昔から助けて貰ってたのよ？」

本当？　というように疑り深い眼差しが母親に向けられた。

「子供の頃にね、広いホテルで迷子になったら、ちゃんとおじいちゃんのところに連れてってくれたの。それにね、その時落とした大事なお人形を拾って届けてくれたりもしたのよ」

「そんな大昔のことを……！」

健介は更に眉間に皺を刻んでそっぽを向く。

「そうなの？」

璃空ちゃんは大きな目を尚まんまるに大きくさせた。

「そして今怒っているように見えるのは、本当は照れているだけなの。お母さんの、昔から大事なお友達なの」

真菜伽さんが淡々とそう言うと、璃空ちゃんは今度は私の方を向いて訊ねる。

「あおいちゃんも？」

「う、うん。まあ……」

「璃空、葵さんは健介さんのお嫁さんなんだから、大事なひとに決まってるでしょう？」

璃空ちゃんは、幼い子供らしからぬ難しい顔で考え込む。自分の父親のことを思い出しているのかも知れない。

「あのね、璃空ちゃん。私は璃空ちゃんのお母さんより健介と知り合ったのはずっと後だけど……見た目が怖くても本当に優しい人だし、すっごく大事なひとだよ？」

ちゃんとそんな関係もあるのだと、安心させたくて少し強めに言う。

璃空ちゃんはそれでもまだ少し疑うような目をしていたが、健介に向かって小さな声で「ごめんなさい」と囁いた。

「あやまることはない。見た目が怖い俺が悪い」

些か憮然とした面持ちではあるが、それでも精一杯真面目な顔で、健介は言った。

「そうおもってるならなおせばいいのに。りくは悪いと思ったらなおしなさいって言われるよ？」

「それは……！」

子供らしい正論に、健介の喉がぐぬっと詰まった音を出す。どうやら色々言い訳を考えているらしく、口をパクパクさせている健介に助け船を出そうかとした矢先、ふっと彼の表情が溶けた。

「そうだな。君の言う通りだ。努力しよう」

それはただの偶然というか、小さな奇跡みたいなものだったと思うのだけど、普段の健介からは想像も付かないような優しい笑顔が浮かぶ。

奇跡なので、その柔らかい笑顔は一瞬で消えたが、しっかり目撃した璃空ちゃんの顔がぱあっと明るいものに変わった。元々顔面偏差値は高い健介の、希少な優しい笑顔を見て、正直私でさえ焦った。ふと横を見ると、真菜伽さんの頬もほんのり赤く染まっている。

真っ先に行動に移したのは璃空ちゃんだった。

彼女はソファによじ登ると、「じゃあ、なかなおりね」と健介の首に抱きついた。

「璃空！」

慌てて璃空ちゃんを抱き下ろそうとする真菜伽さんを、健介が手で制止した。

「また、いつでも遊びにくればいい。上月の家でも賑やかなおばさんが会いたがっていた」

賑やかなおばさんて。由希子さんのことだろうけど。

「うん。でも璃空は幼稚園もいかなきゃいけないから」

「ああ。そうだな」

そう言って、璃空ちゃんの柔らかい髪を撫でる。

真菜伽さんの話によると、真菜伽さんの住むマンションからほど近い幼稚園に行くことになったらしい。と言っても、後数ヶ月で小学校に上がるわけだが。

「実家の母が色々手伝ってくれると言うので……甘えてしまいました」

真菜伽さん自身は働くつもりだから、一番の難題はそこだろう。シングルマザーとして育児と仕事を両立させるのは簡単なことではないはずだ。

「何かあれば、塚田に相談すればいい。俺より勤務体系については詳しい」

「はい」

まだ頬をほんのり赤くしたまま、真菜伽さんは頷いた。

◇

真菜伽さん母娘が暇を告げたので、健介が念のためにマンションまで車で送っていった。私が送ってもよかったのだけど、残念ながら仕事が溜まっていたのだ。つい後回しにしがちな公的書類作成。

三人で出て行く姿を見送って、ふと親子みたいだなと思ってドキっとする。

そう考えるのはあまりに不謹慎かもしれない。なにせ真菜伽さんは前夫から暴力を受けていたし、娘の璃空ちゃんもそれで辛い思いをした。

あとから由希子さん経由で、璃空ちゃんの様子を診た小児科医の話を聴くと、痣はつねられた程度のもので激しい暴力ではなかったものの、同時に与えられた精神的ストレスはかなり強かったらしい。

曰く「お前が良い子じゃないからママは出て行ったんだ」とか「お前もママみたいにろくでもない女なんだろう」とか。思い通りにならないとネチネチと言われる五歳児の心境を思うと、目の前にいたらぶん殴ってやりたい衝動に駆られる。

今は絶対的な信頼をおく母親の元にいるから、ストレスはかなり軽減されているはずだけど、それでも急に大好きな母親と引き離されたショックが、どんなトラウマになっているとも限らない。

その辺りも含めて、様子を見守りたいと真菜伽さんは言っていた。

そんな辛い思いをした二人に、新たな父親役がいればどうだろう。二人だけで頑張ることも勿論できるかも知れないが、精神的な支えになる、信頼に足る相手がいれば？

リビングで、頬を赤くしながら健介と璃空ちゃんを見つめていた真菜伽さんの姿がフラッシュバックする。

そして奇跡のような、璃空ちゃんを見つめる健介の笑顔も。

もちろん律儀で生真面目な真菜伽さんのことだから、名目上とは言え妻帯者の健介に、そんな想いを抱いたとしても表に出すことは決してないだろうが。

そこまで考えて、溜息が漏れる。

そう、私は名目上の妻なのだ。あくまで偽装。会社のための契約妻。

そりゃ、勢いで何度かやっちゃった事はあるけど、……それもまあ……、なりゆきみたいなもんだし？

もんだよな？

だってお互いに好きとか言ってないし。

そもそもきっかけは小春さんが急に倒れたり、たまたま璃空ちゃんを連れ去ってしまった時で、私の精神状態は普通じゃなかった。予想もしていなかった渦中にいきなり飛び込んで、緊張を連続させたまま走り回った後の、張り詰めた糸が一気に緩んだ時だ。

吊り橋効果って言うんだっけ？　恋と錯覚しやすい状況に陥るみたいな。

そりゃあ同居してるんだから、気持ちが張り詰めたり緩んだりするのはどうしたって健介と一緒の時になりやすい。それがたまたま続いただけではないと、どうして言い切れるだろう。

健介と真菜伽さんは元々幼なじみみたいなもので。

よくよく考えたら、あの健介を目の前にして全く怖がらない貴重な女性でもある。

その事実に気付いた途端、不意に胸が締め付けられるように痛んだ。

——そうか。私以外にも、健介を怖がらない女性はいるんだな……。

「おい、終わったのか？」

「ぎゃ！」

声のする方を振り返ると、扉を開けて健介が私の部屋を覗き込んでいた。

「おい、一応何度かノックはしたからな？」

いつも通り、眉間に皺を寄せて言う健介に、「ごめんごめん」と謝る。

「なんだ、全然できてないじゃないか」

背後に回り込んで作成中の書類を覗き込む健介に、「これ系苦手なんだよー。そもそも記入例の意味が分からない」と嘆いて見せる。本当は考え事に沈み込んでしまっていたのが大きいのだけど。

「そうは言っても建築法なんて毎年変わるんだから、しっかり履修しとけ」

「はーい……」

「まあ、一旦休憩にしないか。鳥宮で飯買ってきたし」

「え？　本当に？　やったぁ！」

鳥宮は健介と私の行きつけの焼き鳥屋だった。頼めばテイクアウトも包んでくれる。考えることに行き詰まっていた私は、空腹の呼び声に応えることにした。

◇

美味しい焼き鳥があればビールといきたいのをグッと堪えてご飯をかっ込んだ。とにかく今日は書類を仕上げなければいけない。

後片付けも健介に任せて、今度こそ仕事に集中する。

資料などと首っ引きになりながら何とか終わらせた時には日付が変わっていた。

シャワーだけ浴びて寝ようとすると、リビングにはまだ健介が起きている。

「まだ寝ないの？」

「……ああ」

そう答えた健介の目は仄暗く燃えていて、私の中の女が反応する。やだ、なんで。

「あの、――シャワー浴びてくるから」

決して誘ったつもりはないが、そうとられてもおかしくない声だった。

健介は点けていたテレビのニュース番組を消すと、「部屋で待ってる」と残して消えた。

え？　なんで？

今日はなにもなかったよね？

真菜伽さんと璃空ちゃんが来ただけ。そして普通に平和に帰って行った。

私が緊張する要素はなかったし、健介もいつも通りだったはず。

じゃあ単にその気になっただけ？

頭の中で思考をぐるぐる回転させながら、私はシャワーで念入りに体を洗ってしまった。

下着代わりのタンクトップとショーツを身に着け、フリースパーカーとセットのハーフパンツを穿いた。どうせすぐ脱がされるのにと思わないでもなかったけど、さすがに裸かバスタオル一枚で健介のもとに行く勇気はない。自分がそういうキャラじゃないので恥ずかしいというか。

あくまでいつも通りのふりをして、そのくせ心臓をバクバクさせながら健介の寝室に赴いた。

「お待たせ」

私の声に、ベッドの上で上半身だけ起こしていた健介が右手を差し伸べてくる。

私は催眠術にでもかかったみたいにふらふらと歩いて手を伸ばし、彼の手を取った。

そのまま引き寄せられ、顔を両手で包み込まれてキスされた。うっとりするほど気持ちいい。

「ん、ん……っ、んん～～、ふ、んん……」

何度も顔の角度を変えながら、深く舌を絡め合う。その度にちゅ、じゅる、と唾液が絡み合ういやらしい音が響いた。息が続かないのが苦しくなって、彼の胸を押そうとするが、全くピクリとも動かない。

「ん、け……すけ、くるし、も、ムリ、……んんっ」

唇の端から、注ぎ込まれる健介の唾液が飲みきれずに零れていく。それでも彼はキスをやめなかった。ねっとりと絡みつき、口の中全てを味わい尽くそうとする舌の勢いに、どんどん私の力が抜けていく。

「や、も、健介ぇ……っ」

ようやく開放された時には息は上がりきっていて、私は肩で息をしながらぐったりと彼の胸にもたれてしまった。その隙にパーカーを脱がされてしまう。中はコットンのタンクトップ一枚だ。健介はタンクトップの上から胸を揉み始めたが、物足りなかったのか、裾から鎖骨の辺りまで捲り上げて、固くなった乳首をしゃぶり始めた。

「や、ダメ、それっ」

しこった乳首にきつく舌を巻き付けられ、強くねぶられてそれだけでイってしまいそうになる。しかし健介はやめようとはせず、更に強く吸い上げてくる。

「ひぁ……っ」

思わず背中を反らせ、ビクビクとイってしまった。

潤んでしまう目で健介を見ると、彼は見せつけるようにぷっくらと膨らんでいる乳首に舌を這わせている。私の胸はそのピンクの舌に包まれて気持ちよさそうに震えていた。

「感じやすくなったな」

「そんな……っ」

「こっちも、ほら」

もう一方の胸を指先でくりくりと弄られ、更に恥ずかしい声が出てしまった。

「はぁっ、あぁん…………っ」

鼻にかかった、尾を引くような甘い声。本当にこれが私の声？

健介に抱かれている時だけ生まれてしまう嬌声に、羞恥でますます肌が熱く敏感になる。

「やめて欲しいのか？」

意地悪な顔で聞かれて、ふるふると首を横に振った。もちろんやめてなんか欲しくない。気持ちよくておかしくなりそうだった。

「上出来だ」

ニヤリと笑う悪漢めいた表情に、また心臓が早鐘を打つ。

「後ろ向いて」

言いながら体を裏返され、彼の胸に背中を点ける格好で座らされた。

後ろから伸びた手が私の胸をまさぐり、同時に背中に口付けられる。

「ひゃ……っ」

羽毛のように軽いタッチで唇が背骨をなぞった。それだけでゾクゾクと下腹に快感の渦を巻き起こす。くすぐったさに背中を反らすことで、彼の手の平に胸を押し付ける形になってしまった。胸が強く掴まれる感触にもびくびくと子宮が反応してしまう。

「いい子だから――そんなに急かすな」

「せ、せかしてな……ぁんっ」

肩甲骨にも口付けられ、同時に両方の乳首をくりくりと摘まれて、思わず太股を擦り合わせてしまっていた。

「よしよし、大丈夫だから……」

耳元で囁きながら、背中を彷徨っていた唇が首筋に落とされる。首の付け根をじゅうっと強く吸われて、目の裏がチカチカと瞬いてしまった。

「本当に、葵は感じやすいなあ」

しみじみ言われてしまうのが恥ずかしい。違う。前はこんなんじゃなかったのに。健介に抱かれるまでは、自分は淡泊な方だと思っていたくらいなのに。

今はこんなにあられもなく乱されている。脚の付け根が熱くて、しっかり閉じていなければ自分の中から零れた蜜が今にも垂れてしまいそうだった。

「わかったから、ほら。少し深呼吸して体の力を抜け」

何も考えられなくなっていた私は、言われるがまま、彼にもたれて深く呼吸した。少しだけ体の力が抜けていく。

「……ああ、それでいい」

健介の優しい声に弛緩していると、力が抜けた太股の間に彼の手が伸びてきた。左手でさわさわと優しく太股を愛撫されていたかと思うと、右手がウエスト口から脚の間に入り込む。

「ぁ………」

すんなりと入り込んでしまった彼の手は、私の熱く潤った部分に触れてきた。

「思った以上に濡れてるな」

事実を突きつけられて目眩がした。彼の長い指がとろりと濡れそぼった花弁の奥に差し込まれたかと思うと、じゅぷじゅぷと陰部をかき混ぜるいやらしい水音が鼓膜を襲う。

「や、ダメ、そこ……っ」

「ああ、凄い音だ」

彼の嬉しそうな声は一層残酷に快感を高めさせる。左手が今度は胸を愛撫しながら、右手の指が浅い部分を泳ぎ回っていた。

「ぁ、あんっ……はぁ、あぁあ……」

「こら、脚を閉じようとするな」

そんなこと言ったたって。

気持ちよすぎて辛かった。そしてそれ以上に、もっと奥や、敏感な部分を触って欲しかった。

「仕方ないな……」

健介はそう呟くと、私の体を前に倒し、腰を掴んで浮かせた。

「きゃっ！」

顔を枕に当て、腰だけを高く持ち上げて膝で立たせると、穿いていたものを全て引き抜かれて、私のお尻と恥ずかしい部分が健介の目の前に露わになる。

「や、こんなのはずかし――」

きた。

「いいから隠すな」

健介は強引に私の脚を開かせると、ひくひくと震えながら蜜を滴らせた部分に口付けてきた。

「や！　そんな……っ」

少しざらついた舌が、ねっとりと私の陰部を舐めあげる。

「や、こんなの、ダメ…………っ」

あまりの快感におかしくなりそうで、私は怯えた。けれど健介はそれを歯牙にもかけず舌を尖らせて攻め込んでくる。

「……ああ、ここもまだ可愛がってなかったな」

朦朧とした頭にそんな呟きが聞こえたかと思うと、私の脚を抱え込んでいた健介の手が伸びてきて、すっかり充血していた淫粒を押しつぶした。

「あぁあああぁぁあ…………っ」

長く尾を引く叫び声を上げて、私は枕に顔を押し当ててぐったりと弛緩してしまった。

腰がベッドに落ち、濡れた蜜口はビクビクと小さく脈打っている。

うつ伏せになったまま弛緩している私の横で、健介が小さなパッケージを破く音をさせて、ごそごそと何かしている。

ああ、アレを付けてるんだ。ぼんやりとそう思いながら、それでも思考が停止した私の頭は、次に何が来るのか全く分かっていなかった。

「もっかい腰浮かせろ」

「ふぁ……？」

言われるがまま、彼にお尻を持ち上げられてまた膝立ちになる。恐らく彼の目の前には再びとろとろに濡れてヒクヒクしている陰部が見えているはずだ。

そこに固いものが押し付けられ、「あ」と思った時には遅かった。

後ろから、一気に貫かれる。

「あぁあああぁあぁああああぁ…………っ」

私のナカは一気に彼を飲み込んで、全細胞が歓喜の声を上げていた。待ち焦がれた最上のご褒美。

「……くっ、そんなに締め付けるなっ」

「や、だって……ぁああっ」

締め付けが強かったのか、健介は一度腰を引いて抜こうとする。が、私の蜜洞はそうさせまいと更に強く絡みついた。擦れ合う熱で脳が焼き切れそうになる。

「バカ、葵、おまえ……っ」

健介も何を言っているのか分からなくなっていた。入り口ぎりぎりまで引き抜かれたそれが、また一気に押し込まれる。ズン、と奥を突かれて、私は思わず背中を大きく反らした。こんなの耐えられない。

そう思うのに、健介は再び腰を強く振り始めた。強く突かれる度に接合部分に互いの性

液が絡み合い、ばちゅばちゅといやらしい音を立てる。私の喘ぎ声は掠れ、既に何も考えられなくなっていた。

ふと、埒もないことを思いつく。

今日、ずっと後ろ向きなのは、誰かの代わりに抱いているから?

「こら、気を散らすな」

「あ、ちが……」

「ふ……ん」

「散らしてないっ」

彼の動きが止まりそうになって慌てた。やめてほしくない。

私の言葉に、彼の腰がグラインドを付けて再び動き始めた。

「け、すけ、ぁ、けんすけぇ……っ」

誰かの代わりでもいい。今は、私が健介の妻なんだから――。

「お願い、名前、呼んで――」

「葵、あおい――」

「ん、健介……健介……ぁあっ」

互いの名を呼び合いながら一気に昇りつめていく。

「いくぞ」

その短い声が届く前か、それとも同時にだったたか、私はせり上がる快感に身を任せて、意識を失った。

◇

真菜伽さんの一件が落ち着き、多少思うところはあるものの、いつもの日常に戻ってきていた。

真菜伽さんは娘さんとの日々を確立しながら上月で働いているし、たまにランチを一緒にしながら璃空ちゃんの様子を教えてくれる。彼女がバツイチであり、尚且つ子供がいると知って、落胆した連中もいなくはなかったが、シングルだと知ってまた色めき立つ者もいた。

もっとも彼女自身が纏う高嶺の花的な雰囲気が、迂闊に近寄るのを思いとどまらせてはいるようだけど。

真菜伽さん自身は、璃空ちゃんの小学校入学が近付いてそれどころではなかった。名前が変わったこともあって、煩雑な手続きに追われているらしい。よくよく見ると目の下に隈ができつつあったが、それでも二人の暮らしは幸せそうだった。

健介は璃空ちゃんとあんな約束をしたものの、会社では以前からの強面のままだった。

——曰く、「仕事で甘い顔をするつもりはない」だそうで。それもそうかとあまり気にしていない。

そうこうする内にいよいよ年度も明け、入社式からの新人研修や新規事業の内示が始まる。当然ながら社全体が慌ただしくなっていく。

下っ端の私でさえ残業を抱えながらバタバタ走り回る状態なのだから、社長である健介は更に多忙を極めた。様々な会合や会議で午前様が続いている。一緒に住んでいてもすれ違うような日々が続いた。

それでも気になっているのは……、健介との偽装結婚の任期についてだ。

真菜伽さんの一件を受けて、鶴澤開発の漆原氏は、責任を取ってその会長職を辞した。代議士が捕まった汚職の件に関して、直接の関与はないとされていたものの、親交があったことで企業の株価を下げた、と言うのが主な理由だった。

もっとも健介に言わせれば「表舞台から退いただけで、まだまだ実権はあのじいさんが握っているだろ」とのことだったけど。

実情がどうであれ、健介の結婚のきっかけとなった主は去ったわけである。だったら私が妻である必要はもうないのではないだろうか。

そう思わなくもないのだけど。

色んなことがあったから信じがたいけど、あの結婚式からそろそろ八ヶ月になる。長かったような短かったような、濃密な日々。

健介との生活は予想以上に楽しすぎた。

楽しくて、楽。

生活上の家事的なこともある。家から会社まで近いのもある。仕事で行き詰まると別視点からのアドバイスを貰える場合もある。

そして極上のセックス。

さすがに最近はお互い多忙すぎてそれどころではなかったが、健介と寝る頻度は上がっていた。誘われると気持ちよすぎて拒否れない。向こうもそれを分かってて誘っている節がある。今や性的な利害は完全に一致していた。

ヤバい。これで嵌まらないわけがない。

そう思う心の片隅で、でも偽装妻だし、という事実が魚の小骨のように引っかかっていた。

実はこの役目を引き受けることになった時、他言無用の契約と共に契約料が発生していた。そんなのいらないと必死で断ったのだが、あくまで仕事の一環であるからには無償というわけにはいかないと押し切られたのだ。いわゆる口止め料？

貰っても困るその契約料は、一銭も使わず見ないふりをして取ってある。

なにより契約ではないと思いたかったのかもしれない。会社のため、あくまで名目上の結婚であることは痛いくらい分かっていながら、それでも本物のふりをしたかったのかもしれない。

どちらにしろ、真菜伽さんの一件以来、私と健介の結婚の必要性はなくなってしまった。もちろん結婚して一年も経たず離婚したら社会的に体裁が悪いとは思うけど。

それもあって最低継続期間は一年以上。――なんだけど。

色々あった真菜伽さんが、健介に淡い想いを抱いているとしたら？　だけど私という存在がいるから表に出せないだけだったとしたら？

健介だって、女嫌いを豪語するような朴念仁だから自覚していないだけで、本当は彼女を憎からず思っているのだとしたら？

この場合、邪魔者は私、なんだよな……。

いずれちゃんと健介や真菜伽さんと話をしなければ。そう思いながら、それぞれの多忙に顔を合わせるタイミングも摑めず、喉に小さな小骨を刺しっぱなしにしたまま、私は目の前の仕事を必死でこなしていった。

8．孕ませたい

そうは問屋が卸さないって、誰が考えた慣用句なんだろう。何事もそうやすやすとはうまくいかない、とかそんな意味だったか。

多忙に紛れて先送りしていた案件を、掘り起こすような出来事が起こったのは、社内のルーティンが落ち着き始めたゴールデンウィーク明けだった。

「鏑木さん、外線一番にお電話です」

「はい」

メールやSNS、個人ツールでのやりとりが増えたとは言え、外線電話がなくなったわけでは決してない。企業のホームページを見て問い合わせをしてくる人もいるからだ。特に連休中は営業イベントもあったので、休暇明けはその手の電話が続いていた。基本的には営業部が受けるものだが、内容次第では設計部にも回ってくる。

「はい、お電話かわりました。鏑木です」

営業用のトーンを落とした声で応えると、受話器の向こうから落ち着いた声の男性が話しかけてきた。

『突然のお電話で申し訳ありません。私、鶴澤開発の元会長漆原の秘書で山本と申します』

は？　あのじいさんの秘書？　って今更なんの用？

「驚かせてしまい申し訳ありません。メールか個人携帯にご連絡をとは思ったのですが、その場合お応え頂けない場合もあるかと存じまして」

丁寧だが、押しの強い声だった。

「どういったご用件でしょうか」

つい身構えて声が固くなる。

『実は漆原が一度鏑木様とお話ししたいと申しておりまして、ご都合の良い時間をお聞かせ頂こうと思った次第です』

あのじいさんが？　なんで私に？

「私は特にお話ししたいことはございませんが」

既に隠居したとは言え、親会社同然の企業の元親玉にそんな風にいうのはまずいだろうか。

『真菜伽お嬢様のことでお礼と——相談したいことがあるそうです』

相談？

『できれば他の方にはご内密に、上月社長にも知られずお会いしたいとのことですが、いかがでしょうか』

お礼なんかは言ってもらう必要はないが、相談というのは少し気になった。と言うか、また真菜伽さんの意向を無視して勝手なことをするんじゃないかと不安になった。探りくらいはいれておいてもいいかもしれない。

「分かりました。それでは今週、金曜日の夜ではいかがでしょうか」

「かしこまりました。そうしましたら、終業の頃、お迎えに上がります」

「は？」

会社の入り口にロールスロイスを横付けにするんじゃないだろうな。目立って内密も何もあったもんじゃなくなると思うけど。

『目立たない車で行きますので、ご心配なく』

あ、そ。

健介にも秘密でと言われたのが引っかかるが、やくざじゃないんだからいきなり危ない目には遭ったりしないだろう。

そう考えて、私は先方の誘いにのった。

迎えに来たセダンタイプの車に、乗っていたのは運転をしている秘書の山本さんだけだった。

「漆原は予約した料亭でお待ちです」

五十代くらいの上品で有能そうな秘書が私を後部座席に乗せて車を走らせる。

「上月社長にはなんと？」

「別に。友人と食事をしてくると」

元会長を友人呼ばわりしたジョークに、山本さんの肩が僅かに揺れる。笑ったのかも知れない。それともひきつった？

その後、無言で十五分ほど車を走らせると、古そうな門構えの前で停まった。山本さんは料亭と言っていたが看板は出ていない。恐らく財界人など特別な人間だけが利用する店なのだろう。

水を打って濡れた石畳を進み数寄屋風の玄関を入ると、着物姿の女将が迎えてくれた。案内されて縁側に面した廊下を抜けていく。灯籠が置かれた庭の植え込みや築山、池等も綺麗に手入れされて見事だった。場所は都内のはずなのに、喧噪（けんそう）が全く聞こえて来ないのは敷地面積が広いからだろう。店ごと貸し切っているのか他の客の気配もなかった。なるほど、密会に適した店である。

奥座敷とも呼べる場所に和洋折衷の大きなテーブルが配され、会長は床の間に向かって右側の椅子に座って待っていた。促されて左側の対面の椅子に腰掛ける。

漆塗りの半月盆の上には先付けとグラス。会長は既に一杯やっているらしく、吹きガラスのお銚子の中身は半分くらいになっていた。

「お飲み物は」と聞かれ、せっかくだから日本酒を頼む。

まさかこんな席で割り勘とか言わないよね？

「久しいの。呼び出してすまない」

以前、創立記念パーティーで会った時より些か面やつれしたように見えるのは、会長職を辞して尚、真菜伽さんの元夫一族との関係の後始末に奔走していたからだろうか。件の代議士一家とは一時的にとは言え縁戚関係まで結んでいたのだから、叩けば何かあるのではと検察の鶴澤への追及も厳しかったらしい。実際のところがどうだったかは知らないが、ここ数ヶ月、身動きが取りにくかったのは確かだ。それでも矍鑠（かくしゃく）とした声で漆原氏は言った。

「そういう気遣いをお持ちでしたら有り難いです」

けれど今までの言動にどうしても好印象を持てないので、ついそんな風に答えてしまう。しかし漆原さんは気にしていないようで、そのまま自分も盃を口に運んでいた。

「孫や……曾孫が世話になった」

それは真菜伽さんや璃空ちゃんのことらしい。

「たいしたことはしていません」

謙遜ではなく本心でそう言った。璃空ちゃんを攫うことになったのはたまたまの成り行きだし、真菜伽さんや璃空ちゃんをかくまったのは上月の実家で由希子さん達だ。そしてその算段をしたのは健介や健介の祖父である上月の会長だったはずだ。

それでも運ばれてきた料理には有難く箸を付けた。

切っただけのはずのお刺身がすっごく美味しい。きっと素材と板前さんの腕がめちゃめちゃいいのだろう。

「よい食いっぷりだな」

どこか驚いたように漆原さんは呟く。

「だってこういう店の食事って、客が手を付けなきゃそのまま捨てられちゃうでしょ？　勿体ないじゃないですか」

もしかしたら、食事より密談がメインのようなこういう店では、あまり箸を付けない方が当たり前なのかも知れないけど。テレビドラマ等で見る、悪徳代議士とか警察官僚なんかの密談シーンを思い出しながらそんなことをチラリと思う。

けれど漆原さんは少し嬉しそうに「お前さんの言う通りだ」と自分も箸を付け始めた。

しばらく黙々と食事だけが進む。じゅんさいと生ウニの山葵和え。根菜と自家製がんもどきの炊き合わせ。万願寺唐辛子と海老の天ぷら。米茄子とフォアグラの焼き物。どれも出汁と素材の風味を生かした極上の味だった。惜しみなく堪能させて貰うが、その間、一言の会話もなかった。

「私に、何か話があったのでは？」

仕方がないので、最後の牛フィレのたたきを食べ終えてから切り出した。まさか真菜伽さん達のお礼だけで、こんな豪勢な隠れ家に呼んだわけではあるまい。

「そうだな。……上月の若いのと、別れる気はないか？」

「は？」

若いのって……健介のこと？

私の反応がおかしかったのか、漆原翁は唇の端を上げながら更に続けた。

「なんなら別れてから儂の後添いになってもいい。妻にとっくに先立たれてるし、財産は大方生前贈与してしまったが、それでもあんた一人くらい一生遊んで暮らせる分は遺せるぞ？」

なんだそりゃ。

「後妻業勧誘？」

「どうせ上月とのことも契約結婚じゃろう？　だったら儂に乗り換えても悪くはあるまい」

「お断りします」

「即答じゃの」

「仰ってる意味が全く分かりません。大体そんなことをしたって会ちょ……漆原さんにはなんのメリットもないでしょう？」

健介の相手に選ばれたのはあくまで女嫌いの健介が、唯一平気な相手だったからだ。それ以外で、例えばそばに置く女として、私に魅力があるとは思えない。

「食いっぷりが気に入ったと言えばどうだ？　儂も昔は食えなくてかなり苦労した。だから食い物を無駄にするのは嫌なタチじゃ」

「はぁ……」

よもや食べっぷりを評価されて金持ちじじぃの後添いに誘われるとは思わなかった。

「私は——真菜伽さんと璃空ちゃんの事でご相談があると聞いたので伺ったのですが」

置いてあるナプキンで口元を拭いながら言うと、漆原さんは能面のような顔になった。

——なに？

「孫を……真菜伽を、上月と娶せたいのだ」

なるほど、と思い、私は務めてゆっくり呼吸を繰り返す。半ば予想していた内容ではあった。思っていた以上に直球だったけど。

「お前さんには悪いとは思う。そもそも真菜伽をあんな男と娶せたのも儂じゃ。最初は好青年だと思っておった。若いなりに気骨もありそうじゃと。元々は先方が持ち込んできた話ではあったが……たまたま見かけた真菜伽を見初めたと言って、父親を介して申し込んできたんじゃ。儂もいい話だと思った。しかしとんだうつけ者だった」

少し悔しそうな口調は、真菜伽さんの前夫の本性を見抜けなかった自分への後悔か。

「真菜伽は……あれの母親と違って逆らわない子だった。母親——儂の末娘である澄香はつい甘やかしてしまったせいか、儂の言うことも聞かずに大学の教師なんぞと結婚した……見た目は母娘似ていたが、儂は……真菜伽が可愛かった」

それは嘘ではないのだろう。真菜伽さんの御両親、つまり漆原の娘夫妻がどんな人達かは知らないが、娘より孫が可愛いなんて往々にしてあることなのかもしれない。

「でも、真菜伽さんの結婚が鶴澤開発にとってどんな利益があるか、全く考えなかったわけではないですよね？」

漆原翁は答えるのを避けるように、杯に残っていた酒をぐっと飲み干す。

「もちろん、考えた。その上でも良縁だと確信しておった」

「でも違った」

私の切り返しに、禿げ上がった額に青筋が浮かぶ。こんな対等な物言いにあまり慣れていないのだろう。我慢するのが苦手な様子は、真菜伽さんの前夫に通じるものがないだろうか。

しかしそれでも大企業グループのトップを長年務め、それなりの艱難辛苦（かんなんしんく）を耐えてきただろう男は、己の感情をぐっと抑え込んだ。

「お前さんの言う通りだ。儂は間違えた。真菜伽は鷹揚で、そのくせ強がりでもある。儂や両親に心配かけまいと、婚家で必死に耐え、なんとか自分の力で状況を改善しようと踏ん張っておった。それに気付かなんだ儂の失態じゃ」

漆原翁の顔が苦渋に歪む。少なくとも、彼女に対する愛情はあるのだ。

「だから今度こそ良い相手をあてがおうと？」

「そうじゃ」

それの何が悪いとばかりに彼は鼻の穴を膨らませる。

そうか。そして白羽の矢が立ったのが健介か。

「こう言ってはなんだがな。元々真菜伽の結婚相手候補として上月のせがれもおったのだ。しかし無類の女嫌いと聞いておったし、以前は生意気さばかりが鼻についてな。それが、今となってみれば商売の頭は切れるし度胸もある。ここぞとばかりに取り戻した真菜伽と縁を結ばせようとしたら、臍を曲げてさっさと他の女と入籍しおった」

あーーーーーー。

「言っておくが、真菜伽の相手にと思った時点で、奴の身の回りは調査済みじゃ。お前さんが社内で気の置けない仲であったことも、あの時点ではなーんもなかったこともな」

……なるほど、こういう手合いを古狸と言うんだな。うちの重役達を思い浮かべながらそんなことを思う。被っている化けの皮はどっちが多いのやら。

「真菜伽は……、あの男が気に入っておる」

それまでの勢いのある口調からがらりと変わって、あまりに静かな呟きに、胸の奥がザクザクと刻まれる感覚に襲われる。私は落ち着こうと、グラスに残っていた日本酒に口を付けた。

「真菜伽さんが……そう言ってたんですか？」

できるだけ感情を殺して訊ねる。でなければ、胸の奥に生まれつつある感情が、爆発しかねない。

「聞かんでも、見れば分かるわ。ずっと死人のようだったあの子が、上月に勤めるようになってから明るくなり始めた。様子を探らせていた者から送られた写真の一枚には、間違いなく女の顔をしているものもあった」

様子を探らせていた？

「真菜伽さんを監視してたんですか？」

私の声が少し尖るのを聞き取って、翁はへの字口になる。

「人聞きの悪い事を言うな。前夫が嫌がらせに来ないか、安全を見守っていただけじゃ！」

そう言われれば納得しないでもないけれど……気持ちのいいものでもない。

「儂は何と言われても構わん。周りに恨まれるのも慣れっこじゃ。あの子自身に嫌われるのも先刻承知。それでも……老い先短い身として、あの子が幸せになるのを見届けたいんじゃ。お前さんにはひどいことを言っておると思っておる。それを承知で……頼む」

そう言って、彼は私に向かい深々と頭を下げた。

恐らく、矜恃も自尊心も高いこの老人が、精一杯できるパフォーマンスだったんだろう。真菜伽さんさえ幸せになれば、と。

その想いが、私の胸を抉った。

「話は、以上じゃ」

それが漆原氏の最終宣告だった。

私は三度、深呼吸する。落ち着け、落ち着け、落ち着け――。

真菜伽さんと健介。それは考えていなかったことではない。……だけど。

いかにも座り心地のいいダイニングチェアから静かに立ち上がり、私はじっと漆原翁を見つめた。その目が据わっていることに気付いたのだろう。翁は「なんじゃ」と言うように私を見返してくる。

限界だった。

「…………ざけるな」

「あ？」

私の低い声に、自分が何を聞いたか疑うような顔で、老人は呆けた顔になった。

「いい加減にしろと言っている」

もう敬語を使う余裕さえなかった。頭の中は怒りで煮え滾っている。老人の口が、間抜けにぽかんと開くのが見えた。

「人を、何だと思っているんだ！　誰だって自由に考えて行動する権利がある！　あなたがどれだけ権力や地位を持っていようが、人は決してあなたの駒なんかじゃないっ！」

怒りにまかせてテーブルを拳で叩く。ドンっと凄い音がしたがテーブルは割れなかった。さすが高級品。

しかしそれでも一度噴き出した怒りは収まらなかった。

「あなたが何を考えようが、誰を大事に想おうがそれはあなたの自由だ！　だけどそれが何をしても許される免罪符になるわけじゃないとなぜ気付かない⁉　真菜伽さんだって成人した大人の女性だ。彼女自身で人生を決め、切り拓く自由と権利がある。たとえそれに苦労がつきまとおうとも、それは彼女自身の権利なんだよ！　それを横から四の五のと……！　あんたに余計な口出しをされる筋合いはないっ‼」

怒鳴っている内に怒りで目眩がし、肩で息をしていた。激しい剣幕に、漆原氏は何か言い返そうとしたが、機先を制して私は続けた。

「当事者である真菜伽さん自身と健介にその気があって、直接本人達から私に話があれば考えます。でもあなたに指図されるのはまっぴらだっ！」

もう一度振り上げた拳をテーブルに振り下ろしたが、テーブルに当たる直前で後ろから捕まえられる。

「それくらいにしておけ。二度殴ったらさすがにお前の手が傷付く」

「健介……！」

いつの間にか、私の背後に立っていた健介が、尚も暴れようとする私を腕一本で拘束する。そして万力のような馬鹿力で押さえ付けながら、涼しい顔で老人に言い放った。

「多少言い方は乱暴ですが、葵の言ったことは間違っていませんし、私も概ね同意見です。だから私のことは諦めて下さい。あなたも……周囲を人形扱いすることが、あなた自身を孤独にすると気付くべきだ」

「ほざけ小童！」

ようやく声が出るようになったらしい漆原氏が一喝する。

「その小娘のどこがいい！　見目（みめ）も知識も教養も真菜伽の方がよっぽど上ではないか！」

「何を……！」

さっきは儂の後添いになんてほざいたくせにどの口が！

再び暴れ出そうとする私を更に健介の腕が抑え付ける。

「落ち着け。いいから落ち着け」

「でも……っ」

振り返った私の目に、薄く笑う健介が映る。

——あ、本気で怒ってる顔だ。

口調が静かだから気付かなかったが、彼のただでさえ怖い三白眼が、氷のように冷たく研ぎ澄まされていた。

「会長の仰る通り、葵はどちらかと言えば単純ですし、奸計を巡らせるタイプではありません。けれど彼女の中の誠意や人間性は、充分に信頼に足ると思っています。そしてそれは上月という企業にとっても、また私自身にとっても、大事な指針となってくれると信じています」

健介の目が、更に細められて鋭くなる。

「それでもあなたが葵に作為的な干渉を加えようとするのであれば……、私はどんな手段を使っても、あらゆる対抗措置を辞さない所存です」

それって……、つまりは問答無用であんたをぶっ潰すという意味だろう。でも果たしてこの権力者相手に本当にそんなことができるのか。

「上月が……新しく関わっているプロジェクトに支障が出るとしてもか?」

漆原氏の口から脅迫めいた台詞が漏れる。

けれど健介から立ち上る凄まじい気迫は完全にその場を支配していた。

「あなたに、それができるのなら」

そう言って健介は不敵の笑みを浮かべる。

実際の力関係がどうであれ、健介には一分の怯みもなかった。絶対的な自信が彼を強く大きく見せている。

淡々と語りながらも有無を言わせない口調に、漆原さんの顔が怒りでブルブル震え、やがてがっくりと肩が落ちた。

「葵は連れて帰ります。では」

勝負が付いたと判じてそう言うと、健介は私の肩を掴んでくるりと出口に向かわせる。

漆原さんは引き留めなかった。

◇

美しく磨かれた料亭の広い三和土の玄関で、私をここまで連れてきてくれた山本さんが直立して待っていた。

「お世話になりました」

挨拶する健介の顔を「え？」と振り返る。

「実は真菜伽お嬢様経由で、上月様から、会長が鏑木様に何かするようなら教えて欲しいと頼まれていましたので……僭越ながらわたくしから連絡させて頂きました」

取り繕うように、山本さんが説明してくれる。が。

「え？　ええ？」

内密にって言ったの、そちらさんじゃなかったっけ？

だけど山本さんは涼しい顔でしゃらりと言った。

「鏑木様に口止めするようにとは言われましたが、私自身は何も言われておりませんから」

えー、マジですか。

って言うか、健介も何かあるかもと思っていた？　いつから？

「一応保険のつもりだったんですが……おかげさまで、こいつが傷害罪に問われるのを未然に防ぐことができました」

「いえ、こちらも大変面白いものを見せて頂きましたし」

山本さんの頬が心なしか緩んでいる。ちょっと待て。

「面白い？」

っていうか何処で見てたの？　あの部屋、もしかしてモニターとか付いてた？

「私、これでも一応会長の……すみません、長年この呼び方に慣れてしまっておりますので……、秘書であると同時にボディガードも務めておりますので、常に動向は窺っております。ここだけの話に留め置いて頂きたいのですが、二人きりであの席を共にされて、お料理を全部召し上がられたのは鏑木様が二人目です」

どう見ても中肉中背、人畜無害そうな山本さんをガン見してしまった。つまりそのスーツの下には鍛え上げられた強靭な肉体があるわけでしょうか。そしてそんな打ち明け話をしちゃうなんて、少なからず漆原さんとも気心が知れている仲なのかも？

「は、そうなんですか？　どうも……」

恐縮ですとか何とか口の中でブツブツ言うと、なぜか健介が不機嫌そうにそっぽを向く。え？　もしかして？

「一人目は上月様でしたね」

「…………へえ」

それ以上、どうリアクションして良いかわからず、私は無の表情になった。

「会長のことはご心配なく。最後の悪あがきがしたくなっただけですから」

「わかってるなら止めて下さい！」

ついそう突っ込んでしまったが、彼には彼なりの思うところがあったのかも知れない。山本さんは私たち二人に向かって深く頭を下げる。それが却って居心地の悪さを生んだ。

「すみません。こういう妻で」

「いえ。真菜伽お嬢様も得難い友人を得たとお喜びでした」

実感を伴う台詞に、それ以上何も言えなくなる。

私は改めて山本さんに頭を下げると、料亭を後にした。

◇

健介の車でマンションに帰ってから、彼の怒りの矛先は私にも向かってきた。

「いくらそう指示されたからって、誰にも何も言わず一人で乗り込むなんて無謀もいいところだ！」

「そんなこと言ったって！　無視するわけにもいかないじゃん！」

「だから俺にくらい話してけって言ってるんだ！　俺が先手を打っていたから良かったようなものの、バカ正直に相手の言うことを鵜呑みにするバカがどこにいる！」

「すみませんねえ、バカで！」

互いにどんどんエキサイトしてしまい、最後は売り言葉に買い言葉状態だった。

健介は上着を脱ぎ捨ててソファにどっかり沈み込むと、大きな溜息を吐く。

「お前なあ……、あの手の人間はヤクザとも付き合いがあるかもって、思いもしなかったのか？」

「え？　そうなの⁉」

「知らん。業界内のよくある噂だが、わざわざ真偽を確かめるほどバカじゃないんでな。今回は山本さんが安全を保証してくれた上で見守って欲しいと頼まれたから様子をみてたが、あのじいさんだって黒い噂は皆無じゃないんだ」

うわー、うわー、うわー……。まあ確かに建築現場は荒っぽいのも多いから、無関係とは言い難いって聞いたことあるけど……。

「上月はそんなのないよね……？」

　恐る恐る聞いたら、「アホ」と冷めた目でバカにされた。

「その辺は会長からきっちりレクチャー受けてるから安心しろ」

　健介のきっぱりした言い方に胸を撫で下ろす。

「それより……」

　健介の目が更に剣呑になった。普段の見た目だけの怖さなら何でもないが、さすがに怒っている健介は怖い。

「な、なに？」

「葵。お前、俺と真菜伽の事、疑ってたのか？」

　下からねめつけるように言われて言葉に詰まる。

「疑ってたわけじゃあ……ただ、そんなパターンもあるのかなって……」

　口の中でもごもご言うと、健介の中でパンっと何かキレた音が聞こえた気がした。

「それを疑ってると言うんだろうが！」

「だって……！」

「『だって』、なんだ。言ってみろ！」

　だって――。

　言いたくない気持ちでいっぱいだったが、健介は言わなきゃ許してくれないだろう。

「真菜伽さんの方が美人で上品だし……それでもちゃんと自分で立とうとしてて、母親としても頑張ってて……、どこか健気でいじらしいって言うか、守ってあげたくなるタイプ、なんじゃないかなって思って……」

ダメだ、健介の目が見られない。

これは私の女としてのコンプレックスだった。

自分の性格を疎んじているわけではないけれど、私が男なら彼女を放っておけない気がする。そんな複雑な憧憬が、彼女に対してあったのだ。

「アホ」

けれど健介はそんな私の複雑な胸中を、二文字で蹴り飛ばした。

……アホ？　さっきバカとも言われたけど……言い方酷くない？

「アホで悪かったね！　どうせ彼女みたいに慎み深くも思慮深くもないですよ！」

「そんなこと言ってねえ！」

鋭い舌鋒（ぜっぽう）に、耳が熱くなる。恥ずかしくていたたまれない。

「そうじゃなくて……なんであんなに抱き合っておいて、他の女に行くと思ってるんだ。そのことを言っている！」

少しだけ柔らかくなった語尾に、喉で詰まっていた言葉を絞り出した。

「だってそれは……、たまたまシたい気分だったのかな、とか、体の相性が良くて嵌まっただけなんじゃないか、とか……」

言葉に詰まりながらそう言うと、健介は両手で頭を抱えて俯いてしまった。

「……健介？」

「──あとどれくらいだ？」

「なにが？」

「契約の最低期間終了まであとどれくらいかと聞いている」

「え？　えーと……」

入籍した日を思い出し、残り日数を逆算する。

「三ヶ月、くらいかな？」

「それだけあれば充分だな」

「え？　何が？」

問いに答えず、健介はいきなり私を抱き上げたかと思うと、寝室に向かって突進する。

嘘、結構筋肉とかで重いはずなのに！

「こら、暴れるな！」

「だって！　何をする気なの……！」

大きなベッドに放り出したかと思うと、健介は自分のワイシャツを脱ぎ始めた。

「け、健介⁉」

「いっそナマでヤって孕ませてやる」

「はあ⁉」

話が飛びすぎて頭がついていかない。

「そうすればもうバカなことを考えたりしないだろ」

「や、ちょっと」

私のブラウスのボタンをぷちぷち外し始めた健介に、必死で抵抗しようとしたが無駄だった。

「落ち着いて！　お願いだから健介！」

必死の懇願に、ようやく健介の動きが止まる。だけど見るからに目は少し血走っていて、余裕をなくしたままだ。え？　なにこれ怖い。

「なんか変だよ、健介……」

「お前が……っ」

ブラウスの前をはだけさせ、肩をベッドに押し付けながら、健介は苦しそうに話し出す。

「お人好しなのはわかっていたつもりだけど、そうやって簡単に俺を諦めようとするから……っ」

「簡単にって……！」

そんなあっさり諦めていたわけではない。もし健介と真菜伽さんがそんな風になったとしたら……、そう考えるだけでこんなに胸が苦しくなると言うのに。

…………っていうか、え？　これってつまり……？

「俺は……、あのじじいがお前を後添いになんてバカなことを言い出した時点で、怒りで脳が沸騰しそうになったのに……っ」

「ちょっと待って！」

「なんだ」

口に出すのにありったけの勇気を要する。でも、会話の流れから導き出す答えは、つまり……。

「あの、それって健介は私のことが好きってこと？」

訊いた途端、健介の目元がさっと紅くなる。嘘。嘘ぉ……。

「好きかとか……そんなのは知らん。そもそも恋愛なんてしたことないからな」

「あ――……」

この男、女嫌いが高じて恋愛音痴だった！

「だが、他の男がお前に触れるのは我慢ならんし、ましてや他の奴に抱かれるなんて考えただけで……脳が焼き切れそうだ………っ」

思わず口元を抑えてしまった。そうでもしなければ口から心臓が飛び出そうだったのだ。信じられない、信じられない………。

「確かにお前の言う通り、肉体的な相性の良さに嵌まっただけかもしれん。もしくは只の子供じみた独占欲か………、葵――？」

まるで奇跡のように、いつもは吊り上がり気味の健介の眉が、逆ハの字になった。少し困ったような、戸惑っている顔。

「………バカ、泣くな……っ」

自分でも気が付かない内に、目尻からすっと涙が流れ落ちている。

「健介の気持ちはわかった。でも……私は健介のこと、好きでもいい？」

今まで報われなかった不安から、囁くような小声になる。

「ずっと、ずっと……好きでいてもいい、のかな？」

健介の切れ上がった瞳が大きく見開かれ、耳朶が真っ赤になった。そんな彼の姿を見るのは初めてでギョッとする。でも同時に心臓をぎゅっと摑まれたように感じた。

「くそっ。お前こそ、たまたましたかっただけとか、相性がよくて嵌まったとかそんなことを言うから、俺は……っ」

「だってそれは……！」

「それは？」

「……本当のことを言ったら健介が困るだろうしこの偽装結婚プロジェクトだって……」

「つまり本当はずっと俺のことが好きだったのに我慢して好きじゃないふりをしてた？」

図星を指されて頭に血が上る。

「そうだよ！　悪い⁉」

つい逆ギレたら、口元に手を当てた健介の顔が、あの強面で怖いばっかりの吊り目が、ふるりと緩む。

「葵、可愛い――」

「！」

蘇るデジャブ。あれは結婚式当日の夜、夢の中で聞いた健介の台詞。絶対現実には有り得ないと思いながら、あの後も何度か夢の中で反芻してしまった幻の言葉。

どう考えても健介らしからぬ台詞に、顔から火を吹きそうになった。頬が熱くておかしくなりそう。でも健介の顔も負けずに真っ赤になっている。

「健介だって……顔、赤いし……っ」

「それは！　お前がそんな顔をするから悪い！」

「そんな顔って、知らないし……っ」

「そんなバカみたいに可愛い顔をだなあ……っ」

「バカみたいって！」

売り言葉に買い言葉。しかしそれがおかしくなったのか、やがて健介が小さく噴き出す。や、だってそんな。

「可愛い。葵、可愛い」

壊れたリピート再生機か！

「健介、あんたちょっとおかし……」

私の反応がおかしかったのか、可愛いを連発する健介に怒鳴ろうとして口元に当てていた手をのけた途端、唇を塞がれた。

ヤバい、溶ける――。

口を開いていたから、あっさり舌が潜り込んで口腔内を舐め回す。

「ん、ん、んん〜〜〜〜っ」

舌を絡め取られ、抗うこともできず快感の波に翻弄される。

ちゅ、ちゅぷと唾液が絡み合ういやらしい音が鼓膜を犯した。

いつの間にか、指を絡めるように手が重なり、ベッドに縫い付けられている。

散々私の舌を弄んだ後、健介の唇は離れ、目尻から零れ落ちていた涙を舐め取ってくれる。唇と舌が頬を優しく這い、私の体からすっと力が抜ける。

そっと目を開くと、今まで見たこともないような優しい顔で私を見つめてくる健介と目が合った。

誰、これ？

健介って言ったらいっつも強面で三白眼でおっかない顔してて、間違ってもこんな優しい顔しない男じゃなかった？

思わず見とれてしまうと、彼は私の耳元に唇を寄せて、「葵、好きだ」と囁いた。

うそ。

嘘。

こんなの健介じゃない。こんな甘い言葉を囁くような男じゃなかったはず。だからこれはきっと夢。私の願望が見せている夢。そうに違いない。

「――葵？」

それなのに、この妄想は更に私の鼓膜に侵入してくる。

「本当に？　夢じゃなくて」

健介は一瞬呆気にとられた顔をすると、小さく苦笑して「バーカ」と呟いた。

夢じゃない。そう思った途端に心臓がバクバク跳ね始める。

健介はもう躊躇しなかった。再び唇を重ね、深く何度も味わいながら、大きな手で私のブラウスを脱がせ始める。ブラジャーも背中のホックを外され、顎の下までずらされた。露わになった二つの乳房を、大きな手がすっぽりと覆って愛撫し始める。

彼の手が温かい。それ以上に緩慢な動きが気持ちよくてうっとりしてしまった。

「顔、蕩けそうになってる」

指摘されて、欲望が弾ける。私は彼の右手を取って舐め始めた。指先、手の平、指と指の間にも丁寧に舌を這わせる。

「えっろい顔しやがって……っ」

健介はくぐもった声を漏らすと、左手で私の乳首をきゅっと摘まんだ。

「んっ」

私は更に彼の指を深く咥え込む。そうして節くれ立った指を一本ずつ丁寧にしゃぶった。

「健介も脱いで……」

思い切り蕩けた顔でねだる。彼は「ああ」と呟いて、着ていたワイシャツを脱ぎ捨てた。生まれたままの彼の逞しい胸に手を当て、唇を滑らせる。

「葵？　……くっ」

ペロペロと小さな乳首を舐めると、健介の声は更に余裕のないものになる。彼は性急に私が穿いていたスーツのパンツを脱がせたが、ストッキングに苦戦し、結局破いてしまった。大きく穴の開いた黒いストッキングから、私の太股が淫靡に覗く。彼は恭しく私の太股を抱きかかえると、見えている素肌に口付けた。

「ふぅん……っ」

舌を這わせながら、指先で穴を大きく広げていく。それはショーツのクロッチ部分まで達してしまった。

ビリビリに破いたストッキングの中で、ショーツのクロッチ部分を横にずらして指を潜り込ませる。

「ぁあん……っ」

太い指を深く差し込まれて嬌声が上がってしまった。

「すごい、絡みついてくる……」

嬉しそうな低い声に、私のそこはきゅうきゅうと彼の指を締め付けてしまう。彼の指は私の無駄な抵抗にも屈せず、先を曲げてピンポイントで内側を攻め始めた。

「あ、ダメ、そこは………っ」

ごりごり擦られて意識が飛びそうになる。けれど健介は、今度は指を抜き差ししながら包皮の中に隠れていた赤い芽を探り出し親指で押しつぶした。

「ぁぁぁぁぁぁぁぁぁぁぁぁぁぁぁぁ…………っ」

一気にイってしまった私の腰が、ビクビクと震える。健介は私の愛液まみれになった自分の指を引き抜くと、ペロリと舐めた。

ストッキングはもう辛うじて脚に絡みついている程度で、まるで無理矢理犯されているみたいだ。それでも私の中の疼きは消えなかった。

寧ろ一層彼を求めているみたいだ。

健介も同じようで、ボクサーショーツの中でパンパンに膨らんでいたソレを取り出した。凶暴に天を突く彼自身に手を添え、健介はショーツの脇から先端を押し付けた。

にゅるりと陰部を圧迫され、期待に体の芯が震えてしまう。

だけど。

「……付けないの？」

いつもなら間違いなく装着する避妊具を、彼は付けようとしなかった。

私の少し怯えた声に、健介はふと優しい笑みを零す。

「葵、結婚しよう」

「え……？」

「紙の上だけじゃなく、病める時も健やかなる時も、喧嘩しても、何度ぶつかり合っても、ずっとずっと一緒にいよう」

「…………！」

じわじわと目頭が熱くなる。

「葵、返事は……………？」

いつもの強面の、だけど少しだけ不安が滲む表情。こんな顔が見られるなんて。きっと誰にも見せたことのない健介の素顔。

「好き。健介が好き」

言葉にするだけで快感がじわじわと広がっていく。彼が欲しい。健介しかいらない。

「葵」

私の名を囁いて、彼の目が獰猛になった。

知っている。これは私を食らおうとする目。全てを喰らい尽くそうとしている目。

「付けないで、するぞ？」

彼の低い声に、下半身がぐずぐずに溶けそうになった。私はこくんと小さく頷く。

いいよ、私を食べて。内側から食べ尽くして。

野生の獣みたいな感情が内側に吹き荒れた。理性なんかとっくに粉々になっている。

健介は私の脚を大きく開かせ、着けたままのショーツのクロッチ部分を指で引っ張ってずらすと、そのまま自分の先端を押し当てて腰を突き出した。

「あぁあああぁぁぁぁあああぁぁあああああ……っ」

求めていた圧迫に体中が歓喜に包まれ、彼にしがみついてしまう。

「葵、葵……………っ」

ぐりぐりと一番奥まで押し込んで、彼は大きく息を吐いた。

「すげ、気持ちイ……」

「あ、私も——」

ぴたりと形がわかるまで押し込まれた彼のペニスを、私は優しく締め付ける。

「葵……」

「ん？」

「かわいい」

「え！」

「くっ、締め付けすぎ……っ」

「や、だって……っ」

予想もしなかった言葉に、変に力が入ってしまう。

「バーカ、真っ赤だぞ、お前？」

くすくす笑う彼に、私の頬はますます熱くなった。

「だから！　締め付けすぎだって！」

「健介が！　変なこと言うからっ！」

健介は更に笑いながら私の顔にキスを落とす。

「可愛い、葵。すっげー可愛い……」

「もう！　バカ！　バカ健介！」

私が恥ずかしがって叫ぶ度に、ナカで彼の一部がますます固くなる。

「や、もうバカぁ……っ」

それが限界とばかりに、彼は腰を動かし始めた。

「ひゃ!? ぁあ、ぁんっ、ぁああんっ！」

ズンズンと奥を突かれ、その度に私の背中は大きくしなり、彼を益々締め付けてしまう。

「男とか女とか、そんなのどうでもいい。葵、お前だけが、俺を狂わせるたった一人の……つがいの相手だ――」

「！」

激しい摩擦熱に翻弄されながら、彼の言葉が体中に染み込んでくる。自分を構成する全ての細胞が激しくざわめき、彼を求めて踊り狂った。

「あ、私も――」

それしか言えない。他に何と言っていいか分からない。

繋がり合いながら、額を合わせ、間近で見つめ合う。潤んだ瞳を覗き、その奥から溢れる感情を一身に浴びて、それだけで涙が零れそうになる。

「健介、好き、すき――」

うわごとのように呟いた。

「ああ、俺も。――あいしてる」

その瞬間、私はイってしまった。だって、こんなの耐えられない。ビクビクと震える私

のナカで、まだ硬度を保っている健介が囁いた。

「葵、ナカに出すぞ」

「あ、や、だって今、イってるのに――――あぁあ……っ」

ばちゅばちゅと陰部のぶつかり合う音を更に激しくさせながら、健介は奥をガンガン突いてきた。

私は再び限界に近づく。四肢を彼に巻き付けてしがみついた。

自分の脚で彼の腰を強く引き付けながら私は叫ぶ。

「きて、健介、奥にきてぇ……っ！」

私の声が聞こえたのか、彼は限界まで息を荒らげながら、激しく突きまくって最奥に射精した。熱い飛沫に満たされる。

その途端、私の体も崩れ落ち、一気に弛緩してしまう。

私のナカで、健介の精子がビュルビュルといつまでも吐き出されるのだけを、強く強く感じ続けていた。

◇

健介にプロポーズされた。

とっくに籍は入ってるんだけど。

結局その週末は殆どベッドの中から出して貰えなかった。

夫がこんなに絶倫だったなんて聞いてない。

「も、無理ぃ……っ」

「ここはそんな風に言ってないが？」

「あ、ひゃん……っ」

汗を流すための浴室で、ぐったりしている私の体にボディソープの泡を塗りたくりながら、健介は楽しそうに体中をまさぐる。

結局湯船にはぐったりと彼にもたれて入る羽目になった。それも後ろから抱き締められたままだ。

「さすがに腹が減ったな」

呑気なことを呟かれ、私は無言で彼の腕を摑んで歯を立てた。

「いてっ。何すんだよ⁉」

「それはこっちの台詞！　朝から殆ど休み無しだったんだから！」

既に時刻は午後三時近く。朝も軽くパンくらいは齧った気もするけど、よく覚えていない。最上階の健介のマンションの浴室は、天窓から明るい午後の日差しが差していた。

「なんか出前でも取るか？」

「やだ！　待てない！　お腹すいた！」

「あー……冷蔵庫になんかあったかな」

結局チャーシューが残っていたので、健介がラーメンを作ってくれる。

「健介も料理できたんだねえ」

「麺を茹でてレンチンした野菜のっけただけだぞ？」

感心して褒めると、健介は事もなさげに言う。うん、冷凍のカット野菜、便利だよね。野菜たっぷりと厚切りチャーシューをのせたラーメンは美味しくて、二人で一気に食べてしまう。

「夜は……どっか食いに行くか」

「焼き肉！　焼き肉食べたい！」

「今食べたばかりでよく思いつくなあ」

「思った以上に絶倫の誰かさんのおかげでね」

嫌みを言う私に、健介はニヤリと口の端を上げる。ちょっと待って。

「今晩は……さすがに無理だからね？」

「なんで？」

「なんでって！　明日仕事だし！」

「……わかった、少し加減しよう」

「加減じゃなく！」

「冗談だ」

「〜〜〜〜〜〜〜〜！」

楽しそうに笑う健介が腹立たしい。改めて互いの意志を確認したわけだから、ある意味今が新婚ぽいんだけど、新婚てこんなもん？

「あと、ひとつ言っておきたい事がある」

「な、なに？」

真面目な顔で言われて一瞬身構えた。

「真菜伽の事だが……」

不運な佳人の面影が浮かび、一気にシリアスな気分になる。

「塚田だ」

「は？」

塚田さん？　って健介の秘書の？　彼がなに？

「真菜伽が最初に色々相談していたのは塚田だよ」

「……は？　……な、……え～～～～～～!?」

私の驚いた声がうるさかったのか、健介は思いきり眉を顰めた。

「俺の送迎とかであいつも真菜伽と面識あったからな。いつの間にかそんな雰囲気になったらしい」

「そんな雰囲気って……」

「あいつも優しい男だからな、放っておけなかったんだろう」

「え？　で、真菜伽さんは？」

「悪くはない雰囲気だと思う。そもそも社長室の一件も塚田のことを不安になって相談されてたんだしな。ただ……今は娘もいるからタイミングを見計らってる感じじゃないか？」

「あー、あれってそうだったんだ……」

漆原のじいさんが調査で貰った、『女』の顔をしていた画像って、もしかして塚田さんと一緒にいた時だったのかな。もしそうだったら完璧勘違いじゃん。私もだけど！

あー、止めといて良かった。

「うん、まあそういう事なら……」

健介と真菜伽さんの仲を疑った件は反省しよう。

「でもそれならそうと、最初から言ってくれたら良かったじゃん！」

反撃すると健介の顔が渋くなる。

「部下とは言え他人の恋路をほいほい言えるわけないだろ。そもそも真菜伽の件は色々複雑な問題を抱えてたし、璃空の話をすれば単純なお前のことだ、怒りで暴走しないとも限らなかったしな」

「……すみません」

実際それに近いことはしてしまったので、そこは素直に謝る。

「それに……」

「まだ何かあるの？」

すわと身構える。金持ち問題は私の領海範囲外だ。

「俺を、諦めて欲しくなかったんだよ」

そう言った健介の顔は、少しばつが悪そうに横を向いていた。

「え？」

「だから！　お前なんだかんだと他人の気持ちを優先するだろう。あのじいさんとの会食の時も、俺と真菜伽の事を本気にして自分は身を引くとか言い出すんじゃないかとだなあ……！」

「……それを心配していたの？」

聞くと「悪いか」と呟いてそっぽを向いた。

つまり、漆原さんとの会食を前もって知りながら敢えて止めなかったのは、健介なりに私の本音を確かめたかったのもあるわけか。

自分の胸に手を当てて考える。健介と真菜伽さんが疑っていた通りの関係だったとしたら。身を引いていた？　それも、考えなかったわけじゃない。ないけど。

「ごめん」

「謝るな」

「そうだけど」

「分かってる。俺のガキっぽい思い込みだ」

自己嫌悪を滲ませる健介の顔に、愛しさがこみ上げる。

「これは今だから言えることだが……」

「へ？」

「そもそもあのじいさんにあんなかっこいい啖呵切れる女、そうそういないだろ。あの時本当は、心臓を鷲掴みにされた気分だった。――たぶん、おまえが隣にいたら俺は無敵になれるよ」

そう言って健介は私の頬をそっと撫でた。熱い。胸がぎゅっと締め付けられる。もう無理。絶対無理。この人を、他の誰かに渡せるはずない。

「ううん。約束する。健介を、二度と諦めたりしない」

厳かな声で言い切った私に、健介は頭を抱えて呟いた。

「そんなこと言うと、また寝室に連れ込む結果になるけど」

「ば、ばか！」

私は真っ赤になってその辺にあったクッションを健介に向かって投げつけた。

エピローグ

　ひっそりと、重役連中が資料室に集められたのは、それから一週間後のことだった。

　私に健介と結婚するよう、依頼という名目で強要した面々。

　前回と違うのは、今回は健介本人もいるということだ。

「これって普通に社長室や会議室で良かったんじゃあ」

「大々的に重役幹部の殆どが集まって会議になったら、他の社員に内容が何かを憶測されますから」

「なるほど」

　塚田さんの説明に、それもそうかと納得する。

「で、社長。我々にお話とは」

　副社長の坂下さんが重々しく切り出す。

「そのことだが……」

　健介も言葉を選ぶように話し始めた。

「ここにいる人間は知っているように、一年前、俺の不徳で鶴澤開発の漆原元会長の逆鱗に触れ、結果としてここにいる葵との結婚を余儀なくされた」

そこで一旦言葉を切って、全員を見回す。

健介の視線をまっすぐ受ける者や俯いて逸らす者、それぞれの緊張感が伝わってきた。

「結論として、その後、漆原会長はその職を辞すことになり、我々の婚姻関係継続に余り意味がなくなったのは、皆の知っての通りだ」

やはりシーンとした空気はそのままだ。健介が次に何を言い出すのか、全員が息を詰めて見守っている。

「塚田が作成した葵との偽装結婚に関する契約書の最低期間は一年。残り……あと二ヶ月半くらいか」

健介の声が幾分感慨深そうになる。彼は面白そうにその契約書をひらりと宙にかざすと、おもむろにビリビリと破り始めた。

「しゃ、社長⁉」

何人かが慌てた声を出す。

「契約は終了だ。葵と俺は偽装結婚関係を解消しようと思う」

「え……？」

「いやでも――」

ざわざわと空気がさざめいていた。

「そして改めて、今度こそちゃんとした夫婦としての生活を始めるという合意に至ったことを報告しておく。――以上だ」

その場が水を打ったようにシーンとなった。そして数秒後、「やったぁ！」と快哉を叫ぶ者と、悔しそうに俯く者に別れる。

ちょっと待って。悔しそうに？

「いやあ、大番狂わせでしたねえ。続行に賭けたのは僕と副社長とデザイン部の三木さんと……あと人事部の黒木さんくらいですか？」

塚田さんが自分の小型タブレットを取り出して名前を確認していく。

「お前ら賭けてたのか⁉」

健介の怒号に、副社長の坂下さんはへらりと笑って見せた。

「なにせ社運を賭けた大博打だったので、多少はこんな側面で楽しませて頂かないと……」

「お前ら～～～～～っ」

健介の頭からもうもうと湯気が立つ。私はと言えば一枚上手だった重役連中に、毒気を抜かれて脱力してしまった。こんな人たちが会社のトップにいるんだから、つくづく我ながらけったいな会社に入社しちゃったなぁ。

「ちなみに篤郎会長も敗退なさいましたね。『健介には一年が限度だ』と仰ってましたから」

「うちのじじぃもかよ！」

更に健介の怒声が飛ぶ。

そんな健介を無視して、私は塚田さんの袖を引いた。

「それで……これをお返ししておかなきゃと思って」

懐から取り出したのは封筒にしまわれた札束である。中身は健介との偽装結婚を引き受けた時に無理矢理渡された契約金だった。表沙汰にできないお金だからと、現金手渡しだったのを、そのままとってあった。

「契約結婚じゃなくなった以上、これは受け取れません。一切手は付けていないので確認して頂ければ」

しかしそれを聞いた面々は苦笑して顔を見合わせる。

「それは……返して頂くには及びません」

坂下副社長は、目下である私に丁寧に言った。

「元々、そのお金は我々有志で用意しました。今更言い訳じみて聞こえるだろうが、君に無茶をさせる心苦しさは少なからずあったし、もし万が一瓢箪(ひょうたん)から駒が出れば、それはお祝い金としてお渡しすると初めから決めてあったんです」

「副社長……」

いい話みたいに言ったけど、結婚継続に賭けてた方だよね？

「でも…………」

「いいから取っておけ。その方がこいつらも気が済むんだろ」

少し投げやり気味な健介の言葉に、踏ん切りをつける。

「――わかりました。そういうことでしたら」

何らかの形で会社に還元するか、それとも馬鹿馬鹿しくぱーっと使うかは後で考えよう。

「多少貴殿らの奸計に乗せられた気もしなくはないが、私からの報告は以上だ」

軽く咳払いを落としながら、健介はそう締めくくった。

一同も姿勢を正して、社長である健介に目礼する。

「但し！　今後この場所でこのような秘密会議は勘弁してくれ。必要な場合は私もまぜるように。いいな？」

全員が互いの顔を見合わせて、心得たように微笑んだ。

「一応、順調なんだ」

「順調というか……」

塚田さんのことを訊くと、真菜伽さんは少し困ったように、でも照れたように笑った。

たまに璃空ちゃんも交えて三人で会うらしい。食事をしたり、買い物をしたり。最初は緊張気味だった璃空ちゃんも、少しずつ慣れつつあるようだ。

「塚田さん、すごく根気よく距離を取ってくれてて、璃空が少しでも嫌がるそぶりを見せると絶対無理強いしないんです。逆に優しく『待つよ』って言ってくれるから……実の父親との違いは実感してるかも知れません」

前の夫がいかに自分中心で動いていたかが分かる発言だ。

「正直私も、男性に触れられることが怖くなってたんですけど、……あの人のそばなら安心できるというか」

ほんのりとはにかむ顔は、なるほど漆原氏の言っていた『女』の顔なのかもしれない。

「そういう葵さんこそ、順調なんですね？」

まだ膨らみの目立たない腹部にちらりと目をやって訊いてくる。

「うん、まあ一応……」

健介の有限実行力は凄かった。

「こっちの都合もあるってのに……ねえ？」

私は照れながら必死で渋面を作る。

あれだけ毎日されたら……まあ、できなくはないよな。拒否れない自分も悪いのだが。

「つわりとかは？」

「今のところは大して。これから出るかも知れないけど」

「そうですね。これればかりは個人差だし」

「できれば軽く済んで欲しいんだよね。コンペも近いし」

応募が始まっていたコンペは、某地方都市に建築計画中の、音楽堂の設計だった。実はその音楽堂を含む駅周辺の大がかりな再開発に、上月も一枚嚙んでいるという噂もあったが、まだ公になっていないので定かではない。

音楽ホールともなれば天井が高いから強度が必要だし、音響システムも入れなければならない。搬入出口をどう設けるかも重要だ。

ざっくり書き始めた音楽堂の設計図はまだまだ手直しが必要だった。専門分野の勉強も足りてない。

「こんなことを言うのは失礼かも知れませんが……無理はしないで下さいね」

「うん。そうしてるつもり、なんだけど……」

残業はしてないし、夜更かしも控えている。それでも既に子供のいる人に言われると、これでいいのか良く分からなくなる。

「贅沢かなあ……。好きな人の子供が産みたい。でも仕事もしたい」

健介は全面的にバックアップしてくれると言う。でも産むのまでは代わって貰えない。つくづく女は産む側の性なんだと実感してしまう。

「贅沢じゃないと思います。やり方は……様々だと思いますけど」

そう言う真菜伽さんは今も上月で働いていた。寧ろその勤勉さとマネジメント能力の高さで、社では手放せない人材の一人になりつつある、らしい。

頼もしい限りである。

「私で良ければいつでも相談に乗りますから。ただでさえナーバスになりやすい時期ですから、一人で悩まないで下さいね」

ふんわりした笑顔に、少し救われた気持ちになって、私は「ありがとう」と微笑んだ。

「葵さん～～、助けて～～」

そう泣きついてきたのは庶務課の加野ちゃんだった。

「なに？　どうしたの」

「急ぎめで社長の承認が必要なのに課長はお休みだし、秘書の塚田さんも不在中で……」

怖くて一人で社長室に行けないらしい。

「いや、別にあのひと、取って食ったりしないから」

「それは葵さんだから言えるんですよ～～」

「あーー……」

健介の強面は相変わらずだった。

一応本人は以前ほど女性アレルギーを発症していないつもりらしいが、それでも優しいとは言い難い外見には変わりなかった。

「えっと、私も見せなきゃいけない書類があるから一緒に持ってこか？」

「やったぁ、葵さん、愛してる！」

「はいはい」

泣く子と加野ちゃんには勝てないわと嘯いて、私は社長室に向かった。

ノックをして社長室に入ると、健介が難しい顔をしてパソコンのモニターを睨み付けていた。何か難しい案件だろうか。

「社長、これ、庶務課から預かったんですけど」

私が書類を手渡すと、健介は紙面を五秒眺めてから承認印を押した。早っ。

「何を難しい顔して見てるのよ」

彼の背後に回ってモニターを覗き込むと、並んでいたのはなんとベビーグッズだった。

「仕事しろ！」

叫んで後頭部をどつく。まだ就業時間だというのに、会社のパソコンで何見てるんだ。

「俺の妻はワイルドすぎないか」

特に痛そうなそぶりも見せず、お高そうなベビーモニターをワンクリックで入手した。

「ちょっと待て。妻に一言相談は」

「どうせ生まれてしまえばあちこちから要不要問わずお祝い品が大量に届くぞ？」

「うげ」

社長業だと避けられない罠か。お返しとか内祝いとか考えなきゃいけないだろうか。

「まあ、その辺はお袋が慣れているから任せていいと思うけど」

なるほど、確かに由希子さんなら得意そうだし、嬉々としてやってくれそうな気もする。ついでに孫のグッズも色々揃えてきそうだが。

「そーさせて貰うわ」

「葵」

「ん？」

「幸せになるぞ」

私はぱちくりと目を開く。

幸せにする、でもなく、なろう、でもない断定の言葉。あくまで「二人で」なる。

――違う。この子と三人で？

それともこの会社ごと全部？

健介ならやりかねない。

「あはははははは！」

そんな彼の傲岸不遜さがおかしくなって、私は健介の頭をぐしゃぐしゃに掻き回して力一杯抱き締めた。

あとがき

こんにちは。あるいは初めまして。この度は『女嫌いの強面社長と期間限定婚始めました』をお手にとって頂き、まことにありがとうございます。

今回の主人公・葵はとにかく活きのいいタイプで、放っておいても勝手に走り出したり暴れたりするるので、書いていてとても楽しいキャラでした。葵が翻弄されたり翻弄したりする強面社長・健介や、出番は少ないけど古狸なおっさん達も書いてて楽しかったです。

そんな二人の社運をかけた偽装結婚恋愛模様（及びスリルショックサスペンス）を、読者の方にも楽しんで頂けると嬉しいのですが、いかがだったでしょうか。

大変個人的なことで恐縮ですが、この本は私が個人名義で出したちょうど十冊目の紙の本になります。（アンソロが他にもう少しありますが）。やったー！　ようやく二桁！

２０１５年に初めての紙の本を、やはりこの蜜夢文庫さんで出して頂いてから丸６年。決して書くのが早いわけではない自分がなんとかここまでこられて、しかもその記念すべき十冊目がご縁の深い蜜夢文庫さんだというのはとても嬉しく感慨もひとしおです。

今まで読んでくださった方、関わってくださった編集さんやスタッフ、デザイン、流通他すべての方々、本当にありがとうございます！　これからもなんとか頑張って書き続ける所存なので、末永く見守って頂ければ幸いです。

挿絵は前回『アラサー女子と多忙な王子様のオトナな関係』に引き続き逆月酒乱先生に描いて頂きました。今の時点ではまだラフしか拝見していないのですが、元気のいい葵の表情がとても気に入っています。逆月先生の色気の滲む絵柄で、サバサバ系の葵が健介とのことになるとどんなエロい表情になるのか、そのギャップがとても楽しみです。お引き受け頂きありがとうございました。

そしていつも「楽しんで書いてください」と言ってくださる編集のSさん、Kさん、本当に好きなように書かせて頂いて心より感謝しております。これからもどうぞよろしくお願いいたします。

最後に。この本を読んでくださった皆様へ心をこめて感謝を。どうぞこの作品が、読んでくださった方の一時の笑福となれますように。

２０２１年晩夏　　天ヶ森雀拝

本書は、電子書籍レーベル「らぶドロップス」より発売された電子書籍『社運を託され、強面社長と偽装結婚⁉』を元に、加筆・修正したものです。

★著者・イラストレーターへのファンレターやプレゼントにつきまして★
著者・イラストレーターへのファンレターやプレゼントは、下記の住所にお送りください。いただいたお手紙やプレゼントは、できるだけ早く著作者にお送りしておりますが、状況によって時間が掛かる場合があります。生ものや賞味期限の短い食べ物をご送付いただきますと著者様にお届けできない場合がございますので、何卒ご理解ください。
送り先
〒160-0004　東京都新宿区四谷 3-14-1　UUR 四谷三丁目ビル２階
（株）パブリッシングリンク
蜜夢文庫 編集部
○○（著者・イラストレーターのお名前）様

女嫌いな強面社長と期間限定婚始めました

２０２１年９月２８日　初版第一刷発行

著……………………………………………………… 天ヶ森雀
画……………………………………………………… 逆月酒乱
編集…………………………… 株式会社パブリッシングリンク
ブックデザイン……………………………………… しおざわりな
（ムシカゴグラフィクス）
本文ＤＴＰ……………………………………………… ＩＤＲ

発行人…………………………………………………… 後藤明信
発行…………………………………………………… 株式会社竹書房
〒 102-0075　東京都千代田区三番町８－１
三番町東急ビル６Ｆ
email：info@takeshobo.co.jp
http://www.takeshobo.co.jp
印刷・製本…………………………………… 中央精版印刷株式会社